KB100152

생존, 정의, 민주주의

87년 체제와 한국소설의 세대

지은이

김명훈 金明訓 Kim Myong-hoon
한국교원대학교 국어교육과 조교수. 한국 현대소설을 연구하고 강의한다. 포스텍에서 2년간 대우교수로 재직하며 '글쓰기 클리닉'을 포함한 '소통과 공론 연구소'의 프로그램을 기획하고 운영하였다. 논문으로 「두 가지 신화와 두 번의 돌아봄, 그리고 하나이지 않은 X」, 「1987년 한국에서 교양소설을 쓴다는 것」, 「'학살은 재현될 수 있는가'라는 질문을 역사화하기」 등이 있다. 최근에는 1980년대 한국소설 및 여러 유형의 글쓰기에 관심을 갖고 공부 중이다.

생존, 정의, 민주주의 87년 체제와 한국소설의 세대

초판인쇄 2022년 9월 30일 **초판발행** 2022년 10월 10일

기획 포스텍 융합문명연구원

지은이 김명훈 **펴낸이** 박성모 **펴낸곳** 소명출판 **출판등록** 제1998-000017호

주소 서울시 서초구 사임당로14길 15 서광빌딩 2층

전화 02-585-7840 **팩스** 02-585-7848

전자우편 somyungbooks@daum.net **홈페이지** www.somyong.co.kr

값 13,000원

ISBN 979-11-5905-712-0 03810

생존, 정의, 민주주의

87년 체제와 한국소설의 세대

김명훈 지음

Survival, Justice and Democracy
The '87 Regime' and The Generation of Korean Novels

머리말

1980년대에 태어나 2000년대에 성인이 된 한국인에게 1980년대 한국사회는 가깝고도 먼 과거입니다. 분명 그 시공간을 살았음에도 남아 있는 기억이라고는 흐릿한 TV 화면과 거리의 매캐한 냄새, 모모 정치인에 대한 어른들의 욕설 등, 단편적인 것들뿐입니다. 성인이 되어 한국문학을 공부하면서 1980년 5월 광주에 대해, 1987년 항쟁과 투쟁의 시간에 대해 읽고 쓰게 되었지만, 그 공식적인 기록들, 아마도 역사라고 불러야 할 그 시공간은 개인적인 기억과 좀처럼 접속되지 않았습니다. 1980년대 문학 역시 마찬가지입니다. 1990년대 문학은 어디까지나 동시대 문학이었는데, 가령 신경숙과 윤대녕과 김영하는 지금/여기에 함께 살고, 동시대를 쓰는 작가들로 인식되었지만 1980년대 작가들인 이문열이나 방현석, 임철우 등은 전혀 그렇지 않았습니다. 고작 몇 년 차이에 불과하지만 1980년대와 1990년대 사이에는 건널 수 없는 단절이 존재한다고 느껴왔습니다.

조금 이상하다는 생각이 들었습니다. 유년기와 청소년기의 현실 인식 수준에 차이가 나는 것은 자연스럽지만 1990년대 한국사회도 1980년대를 통과하여 도달한 시공간일 터, 1990년대를 동시대로 기억하는 내러티브 속에는 1980년대가 그 백스토리로 존재할 법도 한데, 실상은 전혀 그렇지 않았으니까요. 더 정확히 말하자면, 1980년대와 1990년대를 연속적으로 기억할 필요를 전혀 느끼지 못한다는 점, 그것이 이상했습니다. 마치 1990년대에 태어난 것처럼 말입니다. 문학의 경우에도 이 불연속은 명백합니다. 급진적인 변혁이론에 기반한 1980년대 민중문학운동이 1990년대 초반을 지나며 급격하게 청산, 망각되었다는 점은 문학사의 상식에 가깝습니다. 민중문학운동만 그랬던 것이 아닙니다. 민중문학운동과는 거리를 둔 많은 작가들도 1990년대 이후 전혀 다른 사람이 된 것처럼, 1980년대와는 다른 글을 썼습니다. 고작 몇 년 차이에 불과한데도 말입니다.

이 책은 1980년대에 대한 한국사회의 집단적인 청산·망각과 그 원인을 당대 소설을 통해 나름대로 설명해보고자 했습니다. 1980년대가 집단적으로 청산되고 망각되었다는 것은 물론 다소 과장된 표현입니다. 1980년대는 한국사회의 민주화가 실현된 영광의 시대로 기억되기 때문입니다. 그러나 그것은 공식적인 역사의 기록일 뿐입니다. 공식적인 역사로서의 '민주화'는 1980년대의 개별적인 기억과 욕망들을 전유하고 왜곡하고 해소하는 데에 활용된 측면이 존재합니다. 그 개별적인 욕망과 기억들이 공식적인 역사에 의해 변질되었다는 점을 잊기 위해서라도 1980년대는 청산되고 망각되어야 했던 것인지도 모릅니다. 이 책에서는 그 개별적인 욕망과 기억들을 여러 세대의 관점에서 복원합니다. 내밀한 욕망들이 으레 그러하듯, 그것들은 그리 아름답지 않을 수도 있습니다. 그러나 억압된 욕망들이 공식적인 언어로 전유되고 왜곡되고 해소되는 과정을 겪으며 한국사회의 모순이 심화되어 왔다고 할 때, 본래의 개별적인 욕망들을 식별하는 것만으로도 나름대로 의미가 있으리라 기대합니다.

이 책의 본론은 「87년 체제와 지연된 전향의 완수」『상허학보』 60, 상허학회, 2020, 「마주침을 둘러싼 신화와 노동소설의 문법」『한국현대문학연구』 63, 한국현대문학회, 2021, 「광주, 그리고 우리에 관하여」『한국문학논총』 87, 한국문학회, 2021 등 세 편의 글을 토대로 구성되었습니다. 그렇지만 일반적인 학계의 관행처럼 개별적인 글을 단행본으로 묶는 것은 아닙니다. 애초에 위 세 편의 글들은 이 책을 쓰기 위해 하나의 주제 아래 기획된 것이었습니다. 단행본으로 묶기 위해 소제목을 바꾸고 문장을 손보긴 했지만 기존 글의 주요 논지에는 변화가 없습니다.

이 책의 원고 대부분은 포스텍 무은재기념관 4층 연구실에서 작성되었습니다. 포스텍에 재직했던 2년 동안 따뜻한 배려와 학문적 영감을 베풀어주신 김민정 교수님을 비롯한 인문사회학부 여러 선생님들께 감사의 인사를 드립니다. 개인적인 관심에서 시작된 읽기와 쓰기를 한 권의 책으로 묶을 수 있도록 기회를 마련해주신 포스텍 융합문명연구원 송호근, 박상준 원장님의 지원과 격려에도 깊이 감사드립니다. 다듬어지지 않은 원고를 깔끔하게 묶어주신 소명출판 관계자 분들께도 감사드립니다.

2022년 9월

김명훈

차례

들어가며

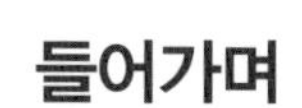

소가족 혹은 우리가 아는 세계의 종언?

87년 체제의 기원, 기원으로서의 87년 체제

87년 체제와 세대의 분기

1. 소가족 혹은 우리가 아는 세계의 종언?

한때 한국 지식인사회를 풍미했던 '세계체계론' 개념의 발명자 이매뉴얼 월러스틴은 21세기를 목전에 둔 1999년, 『우리가 아는 세계의 종언』이라는 책에서 21세기의 전반기 50년이 패러다임의 전환기가 될 것이라 예측했다. 지금 우리는 월러스틴이 예견했던 패러다임 전환기의 중반부에 들어섰다. 강물에 몸을 담근 사람이 물살의 속도를 객관적으로 평가하기는 어렵겠지만, 적어도 주관적인 체감 정도는 말할 수 있을 것이다. 우리는 패러다임의 전환을 얼마나 체감하고 있는가?

이 질문에 답하기 전에 한 가지 확인해야 할 것이 있다. 지금이 패러다임의 전환기라 한다면, 무엇에서 무엇으로의 전환인가? 월러스틴이 '세계체제론' 개념의 발명자라고 했거니와, 당연히 이때의 패러다임 전환이란 자본주의 및 자유주의를 바탕으로 한 국가 간 체제로부터 다른 '무엇'으로의 전환이라는 의미를 내포한다. '다른 무엇'이 무엇인지는 월러스틴도 명확하게 규정한 바 없지만, 그것이 자본주의 세계체제의 작동원리인 자유주의의 종언과 관계된 것임은 비교적 분명하다.

아직 첫 번째 질문에도 답하지 못한 상황이지만, 여기에서 다시 질문이 필요해 보인다. 지금 우리가 살고 있는 세계가 자유주의의 끝이라면, 자유주의는 도대체 무엇인가? 월러스틴의 설명을 비유적으로 표현하자면, 자유주의는 '게으름뱅이의 소가죽'같은 것이라 하겠다. 일하기 싫어 소가죽을 뒤집어썼다가 진짜 소가 되었던 게으름뱅이 이야기를 기억할 것이다. 이 이야기는 농업사회에서의 근면성실의 중요성을 설파한 교훈적인 동화이지만, 자유주의의 작동원리를 설명하는 데에도 아주 유용하다. 자유주의는 소가죽이다. 누구에게? 보수주의자와 급진주의자민주주의자 양쪽 모두에게!

근대의 시작과 함께 기존의 사회 질서계급서열제에 의문을 가진 사람들은 '인민'이라는 이름으로 더 많은 권리와 자유를 요구했고, 우리는 이들을 통칭하여 급진주의자라 부른다. 급진주의자들의 요구에 맞서 자신들의 기득권을 지켜야 하는 사람들이 바로 보수주의자이다. 지금 우리가 살고 있는 세계는 급진주의자들의 끈질긴 요구와 보수주의자들의 수세적인 방어가 마주치면서 전체 판도가 조금씩 변동해온 결과이다. '우리가 살고 있는 세계'라는 막연하고 포괄적인 표현을 조금 더 분명하게 바꾸자면 그것은 국가 간 체제가 되겠다. 근대 이후 보수주의자와 급진주의자 간의 공성전은 누가 주권 혹은 질서 수호의 담지자인 국가(의 통치성)를 접수하느냐의 싸움이었다. 이 싸움은 급진주의자들에게 유리한 것으로 보였고, 실제 결과도 크게 다르지 않았지만, 양쪽 모두 이 싸움에서 자신들의 권리와 권위를 관철하기 위해서는 양보와 타협이 필수적이었다.

보수주의자들은 자신들의 권위를 조금씩 양보했다. 급진주의자들은 자신들의 완전한 권리의 요구가 수용될 수 없다는 것을 눈치채고는 적당한 수준에서 타협했다. 그러나 권위를 양보할 때 보수주의자들은 더 이상 보수주의자가 아니며, 권리를 타협하는 급진주의자들 역시 진정한 급진주의자는 아니다. 양보하고 타협하는 순간, 존재의 근거를 상실하게 되는 보수주의자들과 급진주의자들의 딜레마를 해결한 것은 자유주의라는 소가죽이었다.

자유주의는 지배계급의 권위나 인민들의 권리가 아니라 전문가들의 합리성에 따라 국가를 통치해야 한다는 이념이다. 이 합리성이라는 말 앞에는 간혹 '과학적'이라는 수식어가 붙곤 했는데, 근대 이후의 역사는 곧 과학적(이때의 과학은 자연과학뿐만 아니라 사회과학 역시 포함한다) 합리성이 거의 모든 국가의 통치 원리로 확장되는 과정이었다고 하겠으며, 그렇기에 근대 이후 보수주의자들과 급진주의자 양쪽 모두에게 자유주의란 반대파의 저항을 최소화하면서 국가 권력을 잡을 수 있는 마법의 소가죽처럼 여겨지게 되었다.

보수주의자들은 전문성을 갖춘 관료를 등용함으로써 인민들의 저항을 달랬다. 급진주의자들은 사정이 조금 달랐는데, 급진주의자들에게는 기존의 지배계급인 보수주의자들과는 달리 사회적으로 인정받을 만한 지위나 재산이 없었기 때문에 먼저 권력을 잡은 다음 인민들이 원하는 최대한의 권리빵과 자유를 보장해주겠다는 약속으로 자신들의 통치를 정당화하려 했다. 약속과 연기, 이 두 가지는 급진주의자들의 가장 현실적인 전략이었지만, 동시에 급진주의가 자유주의로 낙착되는 지름길이기도 했다. 일단 권력을 잡고 나면 빵과 자유를 공평하게 나누어 주겠다! 일단 최대한의 생산성을 확보한 뒤, 그 이윤을 나누어주겠다! 두 가지 약속 모두 특정한 역사적 단계에서는 합리적이라 느껴졌을 것이다. 그러나 지금 이 말을 믿는 사람은 아무도 없다. 급진주의의 현실 버전인 공산권이 완전히 붕괴하였음을 확인한 1999년, 월러스틴은 다음과 같이 썼다.

자유주의는 본질적으로 점진적 개혁이 세계체계의 불평등을 개선하고 첨예한 양극화를 줄일 것이라고 약속하였다. 이것이 근대세계체계의 틀 속에서 가능하다는 환상은 사실 거대한 안정화 요소였는데, 그 이유는 바로 이 환상이 근대세계체계 속에 살고 있는 사람들에게 국가를 정당화하고, 가까운 미래에 지상낙원이 도래할 것을 약속했기 때문이다. 제3세계 민족해방운동의 붕괴 및 서구세계의 케인즈 모델에 대한 신뢰의 붕괴와 더불어 공산권의 붕괴는 이 각각이 선전하던 개량주의적 기획의 타당성과 현실성에 대한 대중적 환멸을 동시에 반영하는 것이었다.[1]

공산권의 붕괴는 단지 급진주의적 환상에서 깨어나는 순간을 의미하는 것이 아니라 급진주의자들이 뒤집어쓴 자유주의의 소가죽이 더 이상 그 효능을 발휘하지 못하게 된다는 것을 뜻한다. 월러스틴이 '개량주의적 기획'이라 부른 것은 대부분 자유주의의 합리성에 대한 환상으로부터 그 동력을 빌려왔기 때문이다. 소가죽을 뒤집어쓴 게으름뱅이의 이야기는 게으름뱅이가 소가죽을 벗고 개과천선(?)하여 부지런한 농부가 되는 것으로 끝난다. 월러스틴이 예견한 패러다임의 전환이란, 바로 자유주의의 소가죽을 벗는 순

1 이매뉴얼 월러스틴, 백승욱 역, 『우리가 아는 세계의 종언』, 창비, 2001, 12쪽.

간 시작된다. 누가? 보수주의자와 자유주의자 모두!

게으름뱅이는 소가 자기 생각처럼 빈둥거릴 수 있는 동물이 아니라는 것을 소가죽을 뒤집어쓰고 소가 되어서야 비로소 깨달았다. 보수주의자와 급진주의자들도 자유주의라는 소가죽을 뒤집어쓴 뒤 자유주의자가 되었고, 그제서야 자유주의자의 일, 즉 개량주의적 기획이 생각보다 고될 뿐만 아니라 그것이 영구적인 국가통치를 위한 권위를 보장해주지도 못한다는 것을 깨달았다. 무엇보다 이제 더 이상 자신들이 통치해야 할 사람들이 자신들을 보수주의자나 진보주의자라 믿지 않는다는 것, 그것이 문제였다. 이제 소가죽을 벗을 때가 된 것이다. 동화에서 게으름뱅이는 소가죽을 만든 장인(소가죽을 게으름뱅이에게 판 뒤 그가 소로 변하자 농부에게 그 소를 파는 자, 장인은 전문가이자 장사꾼이다)의 금지명령을 어김으로써, 그러니까 무를 먹으면 죽는다는 금기를 스스로 깸으로써 다시 사람이 될 수 있었다. 소로 사느니 죽겠다는 결심이 게으름뱅이를 다시 사람으로 돌려놓았다. 지금 우리가 살고 있는 세계는 바로 이 결심 직전의 시공간이다.

자유주의자로 사느니 그냥 죽겠다는 결심을 한 보수주의자와 급진주의자는 어떻게 될까? 아직 우리는 그 결과를 보지 못했다. 그러나 아마도 게으름뱅이처럼 금기를 깨는 행위로 자신들의 결심을 표현할 것이라 예측할 수는 있겠다. 이제 더 이상 장밋빛 미래를 약속할 수는 없게 되었다. 미래에 대한 희망은 말소되었고, 지독한 현실, 게으름뱅이의 고된 노동과 같은 그 현실만이 우리에게 주어질 것이다. 이제 아무도 미래의 희망을 믿지 않으니, 새로운 계급서열제를 창출하거나 만인의 만인을 향한 투쟁을 허용해야 한다. 이것이 지금 우리 앞에 놓인 금기이자 선택지 아닌가?

이제 첫 번째 질문으로 돌아갈 수 있게 되었다. 우리는 패러다임의 전환을 얼마나 체감하고 있는가? 이 질문에 대한 답은 다양한 관점에서, 여러 가지 방식으로 제출될 수 있겠지만, 지금 한국 사회가 유례없는 내부적 갈등으로 혼란을 겪고 있다는 사실은 분명해 보인다. 지역, 연령, 성별, 직업 등 한 인간이 성장하면서 갖게 되는 온갖 정체성들이 모조리 갈등의 원인으로 지목되고 있기 때문이다. 전선을 확정하기 어려울 만큼 복잡하고 다각화된 이러한 갈등 양상은 물론 전 세계적인 추세이기도 하다는 점에서 한국적 특수성만으로 해명할 수는 없을 것이다. 다만 월러스틴이 예견한 패러다임의 전환이 근대 자본주의 세계체제의 분기로부터 시작된다는 점을 견지할 때, 세계체제의 일부로서 한국 사회의 갈등 양상과 그 원인을 살펴보는 것도 의미 있는 작업이 될 수 있을 것이다.

근대 자본주의 세계체제의 일부로서 한국 사회의 갈등 양상을 살펴보기 위해서는 '근대'라는 보편적 체계와 한국적 근대의 특수성에 대한 합리적이고 섬세한 이해가 필요하다. 근대라는 장기지속의 과정을 몇 문장으로 간단하게 정리하는 것은 사실상 불가능하므로 현재적 갈등 양상을 보다 생생하게 이해하고 분석하기 위한 유력한 접근 방법시각을 찾는 것이 한 가지 대안이 될 수 있겠다. 이를 위해 지금/여기에서 폭발하고 있는 갈등의 원인을 서툴게 봉합했던 역사적 변곡점을 설정하였는데, 그것이 1980년대 후반부터 1997년까지, 즉 87년 체제이다. 87년 체제는 보수주의자와 급진주의자가 극적으로 마주치고 타협(?)한 시공간이었다는 점에서 한국적 자유주의의 압축적 전성기이자 월러스틴의 시각에서 보자면 일종의 분기에 해당한다. 앞서의 비유를 살리자면 '소가죽의 시간'이었다고 할까. '소가죽의 시간'이었던 87년 체제 동안 한국인들은 무엇을 봉합하고 무엇을 타협하였는가.

2. 87년 체제의 기원, 기원으로서의 87년 체제

'체제regime/system'는 정부의 성격이나 사회경제적 구조에 있어서 일종의 '단락'을 이루는 기간을 한정하여 일컫는 말이다. 박정희 체제나 냉전체제가 좋은 예라 하겠다. 두 체제 모두 하나의 단락을 이루면서 종결되었고, 그렇기에 우리는 이 체제의 단락들이 역사의 영역으로 이동하였다고 여긴다. 그런데 정말 종결된 것인가? 우리는 여전히 박정희체제, 냉전체제의 유산들 혹은 유령들과 뜻밖의 시간, 뜻밖의 장소에서 조우하곤 한다. 87년 체제 역시 사정은 다르지 않다. 아니, 오히려 더 불안정하고 더 모호하다. 많은 사회학자는 87년 체제의 고유한 '단락'을 인정하지 않는다. 61년 체제발전국가체제의 연장이거나 97년 체제신자유주의체제를 향한 과도기 정도로 취급하기 때문이다. 이러한 시각에 따르자면, 87년 체제는 기껏해야 발전국가체제에서 '국가'의 위상이 격하되어 신자유주의세계체제로 통합되어 가는, 짧은 과도기적 순간을 의미하게 된다. 그럼에도 불구하고 우리는, 비록 작은따옴표 안에 넣어서 표기할 수밖에 없긴 하지만, '87년 체제'라는 말을 쓴다. 즉 87년 체제가 하나의 단락을 이룰 만한 '내용'을 갖는다고 보는 것이다. 그 '내용'에 해당하는 것이 '민주주의'이다.

영화에서도 보았고, 학교에서도 배웠듯이 우리는 1987년 6월 항쟁을 군사독재정권으로부터 '민주주의'를 획득한 순간으로 인식한다. 그래서 6월 '민주'항쟁이다. 전경과 대학생, 방패와 바리케이드, 최루탄과 화염병, 날이 선 구호와 확성기 소리, 그리고 당시 집권당 대통령 후보의 입에서 발화된 변화의 약속들, 이렇게 파노라마처럼 지나가는 장면들이 있다. 그 파노라마는 당시 집권당 대통령 후보의 입에서 발화되는 '민주화'라는 마지막 도미노

조각을 향해 거침없이 전진한다. 비록 짧은 좌절의 순간도 있었지만 대세에는 지장이 없었다. 이렇게 1987년 6월항쟁과 6월항쟁으로부터 수립된 87년 체제는 감격적인 민주주의의 '승리의 역사'로 기록된다. 그런데 누구의 승리인가? 그 민주주의는 누구의 것인가? 이 질문 앞에서 '87년 체제'라는 말 자체의 역사성에 대해 다시 생각해 볼 필요를 느낀다.

'87년 체제'와 유사한 용법이 처음 등장한 것은 1990년대 중후반인데, 이때에는 '87년 체제'가 아니라 '1987년 노동정치체제labor regime'라고 불렸다. 이 단어를 처음 사용한 사회학자는 1987년부터 1997년까지를 1987년 노동자대투쟁으로부터 시작된 노동정치체제의 단락으로 인식했다. 즉 1987년 노동정치체제란 국가와 자본의 노동(자)에 대한 물리적·억압적 배제전략이 헤게모니적 배제전략으로 전환되었음을 뜻하며, 동시에 이 헤게모니적 배제전략을 기반으로 하는 노동정치체제가 1997년 노동법 개정과 함께 하나의 단락으로 종결될 것이라는 예상을 담고 있다 하겠다.[2] 주지하듯, 1987년 노동정치체제의 단락은 IMF 사태라는 미증유의 위기에 의해 예상과는 다른 방식으로 실현되고 말았다. 주목해야 할

2 노중기, 「한국의 노동정치체제 변동, 1987~1997년」, 『경제와 사회』 36, 비판사회학회, 1997, 134쪽.

것은, '1987년 노동정치체제'라는 용법에서도 확인되듯, 87년 체제가 군부독재체제 종식 및 정치적 민주화라는 단일한 관점만으로는 온전히 정의될 수 없다는 점이다. 87년 체제는 6월 '민주'항쟁뿐만 아니라 7~9월 노동자대투쟁이라는 복수의 계기로부터 기원하였기 때문이다. 동구권 사회주의의 몰락과 냉전체제의 붕괴로 인해 명실상부 자본주의 세계체제가 확립된 시기 역시 87년 체제의 성립과 때를 같이 한다는 점도 고려해야 하겠다.

앞서, 특정한 체제가 하나의 단락으로 인식되기 위해서는 체제를 구별할 수 있는 '내용'이 있어야 하고, 87년 체제의 경우에는 그 내용에 해당하는 것이 '민주주의'였다고 쓴 바 있다. 그렇다면 87년 체제의 내용인 '민주주의'란 무엇인가? 87년 체제의 기원인 6월항쟁은 당시 집권당 대표 노태우의 6·29선언으로 완성되었다. 노태우는 대통령 직선제 수용을 포함한 여덟 가지 타협안을 내놓았고, 당시 국민은 이를 군사독재정권의 일방적인 항복으로 받아들였다. 1987년 10월 헌법 9차 개정을 통해 시행된 대통령직선제는 이후 대한민국의 정치적·제도적 민주화를 보장해주는 6월항쟁의 상징적 성과이자 87년 체제의 근간으로 남게 되었다. 그러나 1987년 12월 대통령 선거에서 당선된 사람은 6·29'항복'선언을 했던 그 사람, 군사독재정권의 후계자 노태우였다. 노태우는 민주적인 선거를 통해 국민 36.6퍼센트의 지지를 받았고, 87년 체제의 대의였던 '민주주의'는 민주주의의 적이었던 군사독재정권의 후계자에게 민주적인 방식으로 권력을 넘겨주었다. 왜 이런 일이 일어났을까? 우리는 그 이유를 잘 알고 있다. 정치란 생물이고, 선거란 프레임 싸움이며, 진보는 분열로 망한다는 것을. 6월항쟁을 일으킨 것은 국민이었지만 그것을 완성한 것은 6월 29일 민주화를 선언한 바로 그 사람이라는 것을.

6월항쟁을 기념하는 대부분의 서사는 박종철 열사의 고문치사사건에서 시작하여 1987년 7월 9일 이한열 열사의 노제로 끝난다. 이한열 열사의 노제가 끝나고 거리를 메웠던 수많은 군중은 각자 자신의 자리로 돌아갔다. 그 자리란 일상과 생업의 공간이었으리라. 그러나 1987년 항쟁의 시간은 그것으로 종결되지 않았다. 7월 이후 울산을 시작으로 전국 수많은 지역의 노동자들이 항쟁의 시간을 이어갔다. 노동자들은 생업의 공간이었던 작업장에서 벗어나 다시 거리로 뛰쳐나갔다. 그들에게 6·29선언이 약속한 민주주의는 충분한 것이 아니었다. 저임금과 긴 노동시간, 열악한 작업장 환경과 폭력적인 노동통제 등 국가와 자본이 결합된 권위주의적 관리체계는 노동자들의 생존과 인권을 심각하게 위협했고, 이 문제가 해결되지 않는 한 항쟁의 시간 또한 끝난 것이 아니었다.

일상과 생업의 자리로 돌아간 군중들과 거리로 뛰쳐나온 노동자들의 '엇갈림'이야말로 87년 체제의 본질을 상징적으로 보여주는 시퀀스가 아닐까. 거리를 빠져나가는 넥타이 부대와 작업복을 입은 채 거리를 향해 진군하는 노동자들의 엇갈림. 타협의 약속에 만족하여 다시 일상을 재개하는 사람들과 조금 더 많은 민주주의를 요구하며 작업장을 뛰쳐나온 사람들. 그러나 이 '엇갈림'은 1987년 항쟁의 서사에서 제대로 재현된 적이 없다. 1987년에도, 그리고 87년 체제가 지속되는 기간에도 불화의 계기는 사라지지 않았으며 항쟁의 시간 역시 지속되고 있었지만 집권당 대표의 입에서 발화된 '민주주의'라는 대의는 이 불화의 계기와 단속적 항쟁을 개량주의적인 타협책으로 봉합하는 데에 표면적으로는 성공했다. 보수주의자들은 민주주의라는 대의를 내세워 점진적인 양보를 약속했고, 대부분의 시민은 이 약속에 만족했다. 노동자를 비롯한 급진주의자들은 이 약속을 믿지 않았지만 민주주의라는 대의를 빼앗긴 이상, 개량주의적인 타협책 내에서 자신들의 권리와 자유를 확보해나가는 수밖에 없었다.

사정이 이러하기에 6월항쟁을 민주주의의 승리의 역사로 단일하게 재현하는 것은 실로 불가능한 일이다. 6·29선언과 12월의 선거를 거치며 6월항쟁은 '잃어버린 꿈', '미완의 혁명'으로 낙착되어 갔기 때문이다. 87년 체제는 거대한 타협의 시간이었지만, 권위를 양보한 보수주의자도, 얼마간의 권리를 얻은 급진주의자도 그 결과에 만족한 것은 아니었다. 불만족스러운 타협의 시간을 보내는 동안 대한민국은 냉전체제의 붕괴와 자본주의 세계체제의 확립이라는 더 거대한 흐름에 휩쓸렸다. 공산주의와 자본주의의 대립이 해소되면서 민주주의는 자본주의 세계체제의 대의로 선전되었고, 대한민국 역시 '민주주의'라는 마법의 주문을 통해 한반도 북쪽 권위주의독재체제와의 차별화를 꾀함은 물론, 자본주의 세계체제의 시민권도 획득할 수 있었다. 6월항쟁의 대의였던 '민주주의'라는 말은 이처럼 국내외의 복잡한 사정과 조우하면서 모순적인 의미와 기능을 내장하게 된다. 모순이 심화되어 폭발하지 않게 하는 것, 그것이 87년 체제하 대한민국에서 민주주의라는 마법의 주문이 필요했던 이유였다.

이 지점에서 다시 '게으름뱅이의 소가죽'을 상기하는 것이 좋겠다. 민주주의라는 말, 그러니까 민주주의 자체가 아니라 그 말이 지니는 역능은 민주주의라는 말을 사용하는 주체에게 게으름뱅이의 소가죽과 같은 효과를 발휘했다. 소가죽을 뒤집어쓴 게으름뱅이가 자신을 소라고 생각하지 않았던 것처럼 민주주의라는 마법의 주문을 시전施展했던 주체도 자신을 민주주의자라고 믿지는 않았을 것이다. 그러나 게으름뱅이의 소가죽도 '민주주의'라는 마법의 주문도 그 효과만은 확실했다. 민주주의의 적이었던 군사독재정권의 후계자조차 민주주의를 실현하겠다는 약속을 통해 권력을 잡을 수 있었기 때문이다. 물론 잡은 권력을 유지하기 위해서는 그 약속에 걸맞은 무언가를 해야 했고, 지금 당장 국민에게 더 많은 자유와 권리를 보장해줄 수는 없었으므로, 얼마간의 양보와 타협 그리고 잠정적인 약속과 연기의 프로세스가 필요했다. 그리고 이 프로세스를 가장 잘 기획하고 수행할 수 있는 이념이 바로 자유주의였다. 양보와 타협, 약속과 연기를 통해 사회의 안정을 꾀하는 것이야말로 자유주의의 전형적인 통치 방식이기 때문이다.

이처럼, 87년 체제를 거치는 동안 대한민국의 보수주의와 급진주의는 '민주주의'라는 마법의 주문을 암암리에 공유하면서 실제로는 '자유주의'에 친숙해져 갔다. 민주주의라는 마법의 주문은 87년 체제 대한민국의 거대한 안정화 요소처럼 보였지만, 실제로 그 고된 작업을 도맡아 현실화한 것은 '자유주의' 테스크포스였다. 그러나 고된 작업에는 그만한 대가가 지불되기 마련이고, 지금 우리는 그 대가를 치르고 있는 중이다. 양보와 타협, 약속과 연기를 통해 잠시 봉합되었던 모순이 자유주의정권과 신자유주의체제를 거치며 유례없는 사회적 갈등과 기회비용으로 되돌아오고 있다. 매끄럽게 마름질된 '민주주의 승리의 역사' 이면에 불화와 갈등의 계기가 상존하고 있었다는 점, 이것이 지금 1980년대 후반 한국사회를 다시 돌아보아야 할 이유라 하겠다.

3. 87년 체제와 세대의 분기

87년 체제가 1987년 6월항쟁을 통해 성립되었다는 사실을 부정하는 사람은 아무도 없을 것이다. 그러나 87년 체제가 언제 종결되었는지 혹은 아직도 지속되고 있는지 여부에 관해서는 다양한 의견이 존재한다. 헌정체제 기준으로는 지금도 87년 체제다. 대통령 직선제 및 5년 단임제 등 1987년에 개정된 헌법이 지금도 유효하기 때문이다. 1987년 이후 10년 주기로 집권 정당이 교체되긴 했지만 이는 정치 구조나 정당체제의 변화이지 헌정체제의 변화는 아니다.

그러나 노동체제나 경제 구조를 기준으로 할 때에는 얘기가 달라진다. 1997년 IMF 사태 이후 국내의 노동 환경 및 경제 구조는 신자유주의체제로 급격하게 재조정되었기 때문이다. 무엇이 정답이라 단언하긴 어렵지만 87년 체제의 지속과 종결에 관한 논쟁에서 1997년이 중요한 분기점임은 확실해 보인다. 이처럼 1987년부터 1997년까지의 10년을 시야에 두고 한국사회의 변동을 살필 경우, 87년 체제는 97년 체제로의 이행을 위한 과도기적 단계로 인식될 수 있다. 이 책에서는 97년 체제로의 이행기인 1980년대 중후반부터 1990년대 중후반까지의 10년을 87년 체제가 지속된 기간으로 보고, 이 기간 동안 한국사회 및 한국인의 심성에 어떠한 변화가 발생했는지를 당대 소설을 통해 미시적으로 추적하고자 한다.

1980년대 중후반에서 1990년대 중후반으로 이어지는 10년은 한국 근대문학소설에 있어서도 중요한 분기점이었다. 바로 이 시기부터 민족민중문학의 쇠퇴와 포스트모더니즘의 등장, 상업주의의 침윤 등 한국 근대문학소설의 역사에서 그 유례를 찾기 어려운 수많은 위기론이 대두되었기 때문이다. 현실 사회주의 체제의 몰락과 함께 거대담론에 대한 거부감이 커졌고, 이에 따라 문예사조 및 매체 환경에도 많은 변화가 발생했다. 이 모든 징후는 한 시대의 종언을 가리키고 있었다.

현실적인 조건의 변화와는 별개로, 한국문학 내부에서도 변화의 징후는 뚜렷하게 나타났다. 87년 체제기 10년을 거치며 한국문학의 세대교체가 본격화되었기 때문이다. 한국전쟁 직후에는 김동리나 황순원처럼 식민지를 경험한 세대가 문단권력을 잡고 있었고, 최인훈이나 선우휘같은 전후세대 역시 문단 내에서 강한 영향력을 행사한 것이 사실이지만, 작가는 결국 작품으로 평가될 따름이니, 한국전쟁 이후 한국소설을 대표하는 세대는 응당 1940년대생이라 해야 할 것이다. 김승옥, 김원일, 방영웅, 오정희, 윤흥길, 이문구, 이동하, 서영은, 조세희, 최인호, 황석영, 현기영 등 1940년대 초반 출생 작가들의 목록을 정리해보면 이러한 사실이

금방 확인된다. 주목해야 할 것은 이들의 대표작들이 대부분 1970년대에 발표되었다는 점이다.

5·18과 함께 시작된 1980년대는 한국문학을 둘러싼 환경에 커다란 변화를 야기했고 그 여파는 1970년대에 전성기를 보낸 1940년대생 작가들의 문단 내 영향력에도 큰 영향을 끼쳤다. 주요 문예지들이 줄줄이 폐간되면서, 이 문예지들을 중심으로 활동하던 기성 작가들의 창작 활동은 크게 위축되었다. 1987년 6월항쟁의 결과로 주요 문예지들이 복간되긴 했지만, 1980년 5·18 이후 변화된 한국문학장의 판도는 1940년대생들이 주도하던 1970년대와는 판이하게 달라져 있었다. 복간 혹은 창간된 문예지들은 시대의 흐름에 부합하는 새로운 얼굴을 찾는 데 집중하였고, 이러한 문학장의 필요는 자연스레 세대교체 분위기를 고조시켰다. 요컨대 1980년대 중후반부터 1990년대 중후반까지인 87년 체제기는 1970년대까지 문단을 지배했던 세대와 1980년대 후반에 등장한 새로운 세대가 독자와 비평가, 시장의 선택을 두고 경합하던 시대였다 하겠다.

한국전쟁 이후 한국소설의 흐름을 주도했던 1940년대 출생 작가들은 군부 독재정권시대를 관통하면서 성장하여 문학적 전성기를 누렸다. 이 세대에게 반공이데올로기를 기반으로 한 독재정권의 감시와 압력은 창작의 상시적인 조건이었던바, 이들의 소설은 권력과의 역관계 속에서 그 고유한 서사적 특질을 갖게 되었다 하겠다. 제2장에서 자세히 살펴보겠지만, 1940년대 출생 작가들의 소설에는 억압적 정치체제의 간섭으로부터 자신이 '쓰고 싶은/써야 하는 이야기'를 지키기 위한 숨김과 드러냄의 전략이 곳곳에서 발견된다. 그런 의미에서, 민주화와 억압적 정치체제의 해체로 요약될 수 있을 '87년 체제'는 이 세대 작가들에게 기존 글쓰기 전략의 근본적인 수정을 요구하는 사태였다. 특히 혈연 때문에 반공 이데올로기의 구조적 폭력에 민감했던 몇몇 작가들, 가령 김원일, 이문구, 이문열 등에게는 87년 체제가 열어놓은 '민주주의 대한민국'의 의미가 더욱 각별할 수밖에 없었다. 87년 체제의 성립과 함께 이들은 '생존을 위한 글쓰기'로부터 해방될 수 있었기 때문이다. 물론 '생존을 위한 글쓰기'가 이 작가들의 고유한 서술 전략이었다는 점, 따라서 해방이란 곧 긴장의 소멸을 의미한다는 점도 아울러 지적해 두는 것이 좋겠다.

억압적 정치체제와의 갈등과 타협 속에서 소설의 서술 전략을 모색했던 1940년대생 작가들과 달리, 1960년대생 작가들은 권력과의 대립과 투쟁을 통해 세대적 정체성과 소설의 문법을 정립해나갔다. 1980년 광주 이후부터 1980년대 초중반까지 한국 문단에는 이른바 '소설 침체론'이 운위되고 있었는데, 이 위기를 타개하는 과정에서 등장한 세대가 바로 1960년대생 작가들이었다.

1987년 6월항쟁의 결과로 복간되거나 창간된 주요 문예지들은 앞다투어 신인 발굴을 위한 지면을 할당하였는데, 이를 통해 공지영, 김한수, 방현석 등 1960년대 출생 작가들이 대거 등단하게 된 것이다. 이들은 1980년대 후반 한국 사회의 변동을 포착하고 새로운 시대정신을 구현할 주체로 호명되었다. 1980년 광주 이후 오랜 침체기에 시달렸던 문단이 급진적인 사회변혁운동을 주도했던 이 세대의 문제의식을 적극적으로 수용함으로써 오랜 위기를 극복하려 했기 때문이다. 그리고 이 과정에서 재생된 장르가 노동소설이었다. 앞서 거론했던 공지영, 김한수, 방현석 등이 모두 노동소설로 데뷔했음은 물론이거니와 같은 세대 대부분의 작가 역시 노동자 투쟁을 전면에 내세운 작품으로 문단에서의 위치를 확보해나갔다. 제3장에서는 1980년대 후반에 등단한 1960년대생 작가들의 노동소설을 중심으로 이 세대가 기성세대산업화세대와의 단절을 위해 내세웠던 '정의의 문법'이 갖는 의미를 탐색한다.

1960년대생 작가들과 1940년대생 작가들을 맞세우는 방식은 1980년대 후반 한국사회의 변동을 이해하는 데에 여러모로 효율적인 부분이 많다. 1960년대생들이 1940년대 출생한 산업화세대에 대해 강한 대타의식을 갖고 있었다는 점에서도 그러하지만, 87년 체제기 동안 자유주의적 프로젝트가 민주주의라는 이름으로 가동될 수 있었던 이유를 파악하는 데에도 이러한 대조가 도움이

되기 때문이다. 그러나 이 두 세대의 대조가 1980년대 후반 한국사회의 변동을 설명하기 위한 충분조건은 아니다. 1987년 6월항쟁이 유발한 1980년대 후반 한국사회의 변동에는 1980년 광주라는 원인적 사건이 개입되어 있기 때문이다.

1980년 광주는 1980년대를 살았던 모든 한국인에게 커다란 상처를 남겼지만, 그중에서도 특별히 강한 부채의식을 가진 채 1980년 5월 이후를 살아야 했던 세대가 있었다. 막 성인이 된 시점에서 1980년 5월을 겪었던 1950년대생들이 바로 그들이다. 김영현, 임철우, 최윤 등 1950년대생 작가들은 1980년대 후반, 약속이라도 한 것처럼 5·18에 대한 소설을 쓴다. 6월항쟁 이전까지 광주에서 벌어진 일을 쓰는 것은 사실상 금지되어 있었으므로, 6월항쟁 이후 민주화의 흐름 속에서 5·18에 관한 소설이 동시에 발표된 것은 자연스러운 현상이라 하겠다. 그러나 5·18에 관한 가장 중요한 소설을 남긴 작가들이 1950년대생이라는 점에 관해서는 조금 더 각별한 세대론적 관찰이 필요해 보인다. 그간 이 세대는 관점에 따라 후기 산업화세대로 분류되기도 하고, 1980년대 변혁운동을 주도했던 86세대와의 동질성이 강조되기도 했다. 그러나 50년대생, 특히 앞서 거론했던 작가들의 작품에서 드러나는 '5월 광주'에 대한 강한 부채의식은 이 세대의 정체성이 1940년대생이나 1960년대생과는 구분되어야 함을 증명한다. 제4장에서는 김영현, 임철우, 최윤의 소설을 중심으로 1980년대 후반 한국사회에서 '1980년 5월 광주'의 문학적 재현이 의미하는 바를 논의하려 한다.

오해를 줄이고자 한 가지 미리 말해둘 것이 있다. 이 책은 현재 우리가 겪고 있는 불화와 적대가 모두 87년 체제에서 기원한다고 주장하지 않는다. 지금 우리가 겪고 있는 불화와 적대는 대부분 경제적인 차원의 모순에서 발생했고, 그 경제적 수준의 격차, 이른바 양극화의 심화가 본격화된 것은 1997년 IMF 사태 이후부터이기 때문이다. 그런데 관찰의 시야를 조금만 넓혀 보면 IMF 사태를 해결하는 과정에서 87년 체제의 모순이 상당한 영향을 미쳤다는 점이 확인된다. 투쟁과 변혁의 시대였던 1980년대 후반 한국 사회는 민주주의라는 마법의 주문을 통해 잠정적인 안정을 되찾을 수 있었는데, 이 민주주의라는 말속에는 국민의 정치적인 자유와 권리뿐만 아니라 국가의 간섭으로부터 자본이 자율화될 수 있는 계기들 또한 내포되어 있었기 때문이다. 그런 의미에서 87년 체제란 1980년대 후반 한국사회의 거대한 안정화 요소였던 민주주의라는 말의 외연을 확대해가는 과정이면서 동시에 87년 체제의 주체들산업화세대와 86세대 사이 간의 타협을 통해 자유주의 프로젝트가 연착륙하는 시기였다 하겠다. 서로 다른 시간을 경험한 세대가 동시대에 공존할 때 발생하는 다양한 모순과 착종들을 살펴보는 것, 그리고 이러한 모순과 착종들이 지금 우리가 살고 있는 세계에도 원인적 과거로 상존하고 있다는 사실을 확인하는 것이 이 책의 궁극적인 목적이다.

제1장

냉전 생존주의 세대의 심연

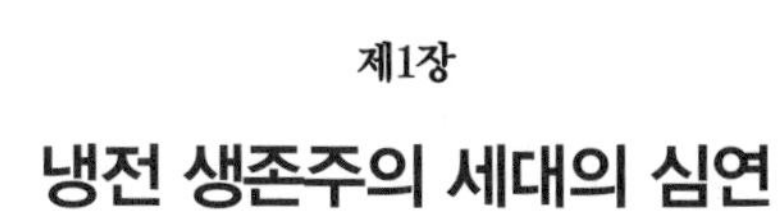

1. 생존주의의 역사와 세대

김덕영에 따르면 한국 근대사회는 '경제로의 환원'으로 인한 하위 사회체계들의 미분화로 특징지어진다.[1] 한국전쟁 이후 현재까지 '경제 성장'이 한국 사회를 구성하고 견인해온 핵심적인 가치라는 사실을 부정하기는 어렵다는 점에서 김덕영의 '환원근대'론은 경험적 진실을 내포한다 하겠다. 주지하듯, '냉전-분단체제'가 유지되는 동안 한국 사회를 정치적으로 규율한 것은 '반공이데올로기'였지만, '반공이데올로기'를 정당화하고 내면화하는 데에 실질적인 근거를 제공한 것은 '발전국가담론'이었다. '경제 성장'

1 김덕영, 『환원근대』, 길, 2014.

이야말로 '냉전-분단체제'의 하위 체제인 남한 사회의 상대적 우월성을 담보해주는 핵심적인 가치였으며, 그렇기에 '반공이데올로기'라는 일종의 안티테제는 '경제 성장'을 통해서만 '상대적으로' 합리화될 수 있었다.

그러나 '발전국가담론'과 '반공이데올로기'의 관계는 앞서 설명한 방식과는 반대 방향으로도 정당화할 수 있다. '반공이데올로기'가 전후 남한 사회의 통치원리로 관철될 수 있었던 것은 '한국전쟁'의 처절한 경험 때문이며, 내전으로서의 한국전쟁은 사회의 모든 연대자원들을 파괴함으로써 한국인으로 하여금 개인의 생존을 보장해줄 수 있는 특정한 가치 — 김덕영의 논의 틀에서는 '경제'에 해당한다 — 에 몰두하도록 만들었다고 파악할 수도 있기 때문이다. 이러한 설명 방식을 '생존주의 근대성survivalist modernity' 개념으로 구체화한 것은 김홍중이다. 김홍중은 '환원근대론'을 비판적으로 검토하면서, 한국 사회의 (정치)경제 환원적 특수성이 한국/인의 '생존주의'적 집합심리 및 통치성에 의해 실현되었다고 파악한다.

김홍중에 따르면 "'생존주의'란 '서바이벌'이 다른 어떤 과제들보다 더 중요하고, 시급하며, 우선적으로 해결되어야 한다는 점에 대하여 특정 사회적 단위개인, 가족, 조직, 집단, 민족, 국가가 공유하고 있는 집합심리mentality와 그런 심리구조를 구성하고 생산하는 사회제도와

통치성governmentality의 앙상블"이다.[2] 한국인이 체현하는 생존주의적 집합심리의 원인은 다시 한국 근대사의 변곡점을 이루는 몇 가지 사건에 대한 일반화된 서술에 의해 뒷받침되는데, 이에 해당하는 것이 동학농민혁명·갑오경장·청일전쟁 등 근대 초기 일련의 사건들과 1950년의 한국전쟁, 그리고 1997년 외환위기 등이다. 이 사건들은 한국이라는 민족/국가 단위의 공동체에 심각한 위기를 불러왔는데, 김홍중은 그 사건들의 연속체를 만국공법 생존주의 레짐1895~1950, 냉전 생존주의 레짐1950~1997, 신자유주의 생존주의 레짐1997~ 등으로 각각 구분하여 명명하였다.

이 책은 김홍중의 논의 가운데 특히 '냉전 생존주의 레짐'과 '신자유주의 생존주의 레짐'의 교체기에 해당하는 '87년 체제'에 주목한다.[3] 주지하듯, '87년 체제'란 군부정권으로 표상되는 억압적 정치체제가 해체되고 (제한적인)정치적 민주화가 확립된 시기의 사

2 김홍중, 「생존주의, 사회적 가치, 그리고 죽음의 문제」, 『사회사상과 문화』 20-4, 동양사회사상학회, 2017, 246~247쪽.

3 김홍중은 냉전 생존주의 레짐에 대해 "1950년 레짐에서 생존의 주된 단위는 민족/국가로서 공산주의의 침략으로부터 자신의 안전을 보장하는 것이 중요한 생존의 의미로 자리 잡는다. 더 나아가서 생존의 기초로서의 국력신장, 민족중흥, 발전과 개발의 논리로의 확장이 이 시기의 통치성의 주요한 언어이자 원리가 된다"라고 설명하는 반면 신자유주의 생존주의 레짐에 대해서는 "국가의 경제위기와 더불어 조직, 가족, 개인 수준의 다차원적 생존위기의 담론과 실천과 문화를 야기하였다"라고 논평한다(위의 글, 247쪽).

회체제 및 헌정체제를 포괄하는 개념이다.[4] 억압적 정치체제의 해체는 전후 한국 사회를 구성하고 규율했던 두 가지 순환적 설명 모델인 '반공이데올로기-발전국가담론' 사이에 균열을 불러왔다. 억압적 정치체제의 해체와 함께 반공이데올로기의 영향력은 급격히 줄어들어 한국인의 의식 아래로 스며든 반면, 발전국가담론은 97년 외환위기로 인해 급진적으로 해체되는 순간까지 그 영향력을 유지했기 때문이다.[5] 즉, 87년 체제를 경과하는 동안 '냉전 생존주의 레짐'의 순환적 설명 모델인 '반공이데올로기-발전국가담론'에서 반공이데올로기가 급격히 해소되었고, 그 결과 발전국가담론만이 생존의 원리이자 통치성의 언어로 남게 되었다는 뜻이다.

김원일, 이문구, 이문열 등의 소설은 전후 한국인의 '냉전 생존주의적 집합심리'가 어떻게 구성되었고, 87년 체제를 거치며 어떻게 변이되어 갔는지 매우 소상하게 보여준다는 점에서 특히 주목할 필요가 있다. 이들은 어린 시절 한국전쟁을 체험한 1940년대

4 손호철, 『촛불혁명과 2017년 체제』, 서강대 출판부, 2017, 145쪽.

5 한국이 자본주의 세계체제에 편입되기 시작한 것은 1980년경부터이며, 1980년대 중반부터 1990년대 초중반까지 한국 경제는 지속적으로 호황기였고, 1987년 이후 경제 분야에서의 자율화, 민간화가 지속적으로 추진되었지만, 노동은 여전히 정부의 통제를 받았으며, 기업 통제의 핵심기제였던 금융규제가 풀린 것도 1996년에 이르러서였다(유철규, 「80년대 후반 이후 경제구조 변화의 의미」, 『87년체제론』, 창비, 2009, 240~258쪽 참조).

출생코호트cohort이며, 좌익 이데올로그를 아버지로 둔 '연좌제 가족'들이다. 이념과 혈연, 출생연대가 결합된 이들의 모순적인 집합적 정체성은 반공이데올로기와 발전국가담론 아래에서 '생존'을 절대화하는 마음가짐과 행위 준칙으로 현상하게 된다. 이념과 혈연이 결합된 이들의 모순적인 집합적 정체성은 자발적인 선택과는 무관한 것이었지만, 생존을 위협할 정도로 중대한 문제였다. 따라서 이들에게 주어진 과제는 이중적일 수밖에 없었다. 자신들의 모순적인 정체성으로 인한 억압적 국가장치의 위협으로부터 생존을 도모하는 것이 한 가지 과제였다면, 모순적인 정체성 자체를 해소할 수 있는 방법을 찾아야 한다는 것이 또 다른 과제였다.

이 이중적 과제는 '생존'과 '신념·믿음 체계에 대한 진실성' 사이에서 선택을 요구받았던 일제말기 사회주의자들 혹은 종교인들의 전향 과정을 떠올리게 한다. 물론 이들과 일제말기 사회주의자·종교인들 사이에는 결정적인 차이가 존재한다. 일제말기 사회주의자·종교인들의 신념·믿음 체계와 달리 이들의 모순적인 정체성은 자신들의 선택과는 무관하게 주어졌다는 점이 바로 그것이다. 억압적 정치체제는 이들을 끊임없이 비국민으로 호명하고 배제하였지만, 생명을 빼앗지도, 그렇다고 모순적인 정체성을 해소할 수 있는 기회를 준 것도 아니었다. 끝없는 유예만이 모순적인 정체성과 관련하여 이들에게 주어진 유일한 현실이었고, 이러한 현실이야말로 오로지 살아남는 것에 모든 자원들을 소진하게 만드는, 생존강박-주의가 자라나기에 가장 적당한 조건이었다. 즉 이들에게 생존주의란 선택과 신념, 가치의 문제가 아니라, 김홍중의 표현을 빌리자면, "몸과 마음에 깊이 체화되어 행위에 강제력을 행사하는 에토스나 하비투스"처럼 작용했다 하겠다.[6]

냉전-분단체제의 모순을 상징적으로 보여주는 좌익 2세 작가들의 정체성 문제는 이들이 소설을 쓰게 되는 과정에도 영향을 미쳤던 것으로 알려져 있다. 본론에서 구체적으로 살펴보겠지만, 김원일, 이문구, 이문열 등은 모두 좌익 이데올로그 아버지와 '연좌제 가족'의 경험을 쓰기 위해 소설을 선택했다고 말한 바 있다. 억압적 정치체제와 이로 인한 생존강박은 '모순적인 정체성'의 문제를 끊임없이 억압하고 그것의 해소를 유예시켰지만, 동시에 이들은 소설을 통해 '모순적인 정체성'의 문제를 가시화하고 억압된 소망을 충족시키려 했다. 그렇기에 그들의 소망을 담은 이야기는 생존강박이라는 검열관을 통과할 수 있도록 모종의 변형을 거쳐야만 '할 수 있는 이야기-소설'로 완결될 수 있었다.

87년 체제는 모순적인 정체성에서 비롯된 좌익 2세 작가들의 생존에 대한 염려를 사실상 해소시켰다. 87년 체제의 성립과 함께

---

6 김홍중, 앞의 글, 250쪽.

억압적 정치체제가 해체됨으로써 그들은 더 이상 '빨갱이 아버지'로 인해 생존을 위협받을 수도 있다는 생각을 하지 않아도 되었기 때문이다. 그러나 앞서 설명했듯 '생존주의'란 단지 현실적인 생존을 도모하는 생물학적이고 자연적인 본성이 아니라 주체에게 강요되는 에토스나 하비투스에 가깝다. 따라서 현실적인 생존의 위협이 사라진다 하여 생존주의적 에토스/하비투스가 해소되거나 그 실천적 에너지가 소진되는 것도 아니다. 변한 것이 있다면 그것은 생존주의의 내용과 그 실천적 에너지의 투사 방향이다.

'냉전 생존주의 레짐'의 종결부인 87년 체제는 반공 '이데올로기-발전국가담론'이라는 '냉전-분단체제'에 대한 순환적 설명 모델에서 '반공이데올로기'가 탈락해가는 과정이었으며, 그에 따라 87년 체제는 한국인으로 하여금 냉전 생존주의의 실천적 에너지가 재투사될 수 있는 또 다른 가치를 발견하도록 강제했다. 40년대 출생 코호트인 좌익 2세 작가들은 평생을 냉전-분단체제의 통치성 아래에서 살았고, 그 시대의 통치성과 자신들의 정체성이 강요한 '냉전 생존주의'에 적응하면서, 그 실천적 에너지를 동력으로 삼아 소설의 문법을 고안해내었다는 점을 전제로 할 때, 87년 체제는 그들에게 냉전 생존주의적 에토스/하비투스의 조정과 그에 걸맞은 새로운 소설의 문법을 요구했을 가능성이 높다.

이상의 문제의식을 고려하여, 이 장에서는 김원일, 이문구, 이문열 등 좌익 2세 작가들이 냉전-분단체제 아래에서 자신들의 억압된 소망을 충족시키기 위해 '좌익 이데올로그 아버지'와 '연좌제 가족의 경험'을 어떻게 압축·변형하였으며, 87년 체제 성립 이후 자신들의 냉전 생존주의적 강박을 어떠한 가치를 향해 재투사하였는지 살펴본다. 이러한 과정을 통해 87년 체제가 한국인의 집합적 심성과 한국 근대소설의 장르 규칙에 미친 영향을 중층적으로 재구성해보는 것 혹은 재구성하기 위한 발판을 마련하는 것이 이 장의 목표다.

2. 불화_ 냉전-분단체제의 법과 근대소설의 규칙

1999년 봄, 『역사비평』에서는 '분단체제와 인권'이라는 제목의 특집을 기획하면서 한수영의 글을 저널 맨 앞에 싣는다. 이 글은 이문구, 김원일, 이문열, 김성동 등 '좌익 2세'들의 삶과 문학에 새겨진 '냉전-분단체제'의 질곡을 발췌하면서 '통일' 담론에 가려져 있던 냉전-분단체제 피해자들의 고통을 조명하는 데 집중한다.[7]

7 한수영, 「분단과 전쟁이 낳은 비극적 역사의 아들들」, 『역사비평』 46, 역사비평사, 1999, 16~40쪽.

1999년 한국에서 좌익 2세 작가들의 인권을 묻는다는 것은 시사하는 바가 크다. '연좌제 가족'들의 인권이 무시되었다는 사실이 비로소 '회상'되고 있기 때문이다. 좌익 2세 작가들의 삶과 문학을 '회상'하는 이 글은 보편적인 '인권'을 제약해왔던 분단체제의 모순이 비로소 공공연하게 표현될 수 있는 시점에 이르렀다는 점을 상징적으로 보여준다. 바꾸어 말하자면, 그전까지 한국에서는 인권과 반공이데올로기가 서로 경쟁하는 가치였으며, 한국은 국가의 안전을 보장하기 위해 인권의 제한이 불가피할 만큼 정상적인 국가가 아니었다는 뜻이다. '좌익 2세'들은 오랫동안 국민의 지위를 보장받지 못하다가 1990년대에 이르러서야 비로소 인권을 가진 국민이 될 수 있었던 셈이다.

좌익 2세들의 지위 변화에는 특정시기 한국인의 집합적 정체성을 재구성하는 과정에서 '혈연'과 '이념'을 기반으로 한 배제의 논리가 해체되는 순간이 개입되어 있다. 이 책은 한국인의 집합적 정체성을 재구성하는 과정이 곧 '87년 체제'라고 판단하는데, 이에 대한 논의는 잠시 뒤로 미루고 혈연과 이념을 기반으로 한 배제의 논리가 관철되던 시절에 대해 먼저 정리해보고자 한다. 김종엽은 분단체제의 속성을 경험과 기대의 간극이 극대화된 상황으로 정의했는데, 그 핵심 원인으로 지목된 것은 '내전으로서의 한국전쟁'이다. '내전으로서의 한국전쟁'은 "약간의 눈치 빠름과 우둔함이 생사를 가르는 요인이 되게 했으며, 우연의 잔인함이 합리성을 붕괴시키고 모든 종류의 규범적 기대를 위협하는 과정"이었다. 이처럼 한국전쟁의 경험은 미래에 대한 기대를 말소시켰으며, "가족 내부로까지 침투하여 연대의 자원을 파괴"했는데, 그 결과 한국인들은 "아주 좁은 범위의 혈연집단을 제외하면 개인을 보호할 수 있는 공동체"를 갖지 못하게 된다.[8]

그런데 좌익 2세들의 경우에는 상황이 더 심각했다. 이들에게는 전후 한국사회의 유일한 연대 자원인 가족조차 안전한 공동체일 수 없었기 때문이다. 이념은 유전되는 것이 아니므로, '좌익 2세'라 하여 국가에 위협이 되는 것은 아니었지만, 국가는 이들을 비국민으로 선택하였고, 이를 실현한 것이 연좌제였다. '연좌제'의 법률적 기능은 갑오개혁 때 이미 폐기되었지만, 형사처벌의 법적 근거가 사라졌을 뿐, 현실에서는 제5공화국 이전까지 직업 선택이나 해외여행, 출장 등에서 제한이 존재했다. 제5공화국 헌법에 이르러서야 국민이 연좌제로 부당한 대우를 받아서는 안 된다는 금지 규정이 신설된다. 즉 그전까지는 연좌제에 해당하는 국민에게 불이익이 존재했던 셈이다.

앞서 언급한 세 명의 작가들은 태어날 때부터 '좌익 2세'였다.

---

8 김종엽, 『분단체제와 87년체제』, 창비, 2017, 83~84쪽.

자신의 선택과는 무관하게 국가로부터 배제당하는 모순이 곧 자신의 정체성인 좌익 2세들은 그 모순과 대면하기 위해 문학을 선택한다. 그러나 해결 불가능한 모순과 대면하는 것은 '금지된 것'을 의식의 층위로 불러올리는 위험한 시도이다. 그렇기에 김원일, 이문구, 이문열 등 좌익 2세들의 소설 쓰기는 '금지된 것'을 '수용가능한 것'으로 압축·전치하는 일종의 '꿈-작업'으로 현상하게 된다.[9]

김원일의 대표작인 「어둠의 혼」1973은 한국전쟁 발발 직전 김원일의 가족들이 겪었던 수난을 처음으로 서사화한 작품이다. 갑해의 어머니는 좌익 아버지 때문에 경찰로부터 잦은 협박과 폭행을 당하며, 갑해와 동생은 어머니가 겪는 수난을 옆에서 무력하게 지켜보아야 한다. 이 끔찍한 서사의 끝에는 아버지의 죽음이 기다린다. 종결부에서 이모부는 갑해에게 아버지의 시체를 보도록 강요하는데, 그 이유는 아래의 인용문에서 확인할 수 있다.

"갑해야." 이모부가 조용히 나를 부른다. (…중략…) 이모부는 뿌드

9 프레드릭 제임슨의 서사 해석에서 개별 소설의 '형식'은 첫 단계, 즉 '정치적 수준의 무의식'의 반영이다. 제임슨의 해석 지평은 첫 번째 단계인 정치적 수준의 무의식에서 두 번째 단계인 사회적 수준으로, 그리고 마지막 역사적인 수준의 무의식으로 점차 확장된다(프레드릭 제임슨, 앞의 책, 97~128쪽).

득 이빨을 간다. 그러더니 무엇인가 결심한 듯 빠르게 말한다. "가자. 니 아버지 보여 주꾸마." (…중략…) "이거다. 이게 니 아버지의 시체다." 이모부는 말한다. 그리고는 내 손을 놓고 가마니를 휠쩍 뒤집는다. (…중략…) "그만 가자, 갑해야. 똑똑히 보았제? 앞으로는 다시 아버지를 찾아서는 안 된다, 알겠제?"「어둠의 혼」, 126~127쪽

아버지가 죽은 그해, 초여름에 육이오 사변이 터졌다. 그리고 이모부는 그 전쟁이 소강상태로 들어갔을 때 이미 땅 위에 계시지 않았다. 그래서 나는 성년이 된 후까지 이모부가 왜 아버지의 시체를 어린 나에게 구태여 확인시켜 주었느냐에 대해서는 여쭈어볼 수도 없게 되고 말았다.「어둠의 혼」, 127쪽

첫 번째 인용문 끝부분에서 확인되듯, 이모부가 갑해에게 아버지의 시신을 보도록 강요하는 이유는 아버지의 죽음이 돌이킬 수 없는 사실이며, 그렇기에 더 이상 아버지를 찾아서는 안 된다는 점을 각인시키기 위해서다. 화자인 나는 성년의 시점에서 "왜 아버지의 시체를 어린 나에게 구태여 확인시켜 주었느냐에 대해서는 여쭈어볼 수도 없게 되고 말았다"라고 회상하는데, 이러한 결말은 작가가 '연좌제 가족'의 모순을 어떻게 압축·전치하는지를 암시적으로 보여준다.「어둠의 혼」은 혈연을 매개로 하여 발생하

는 민족/국가와 이데올로기 간의 모순을 아버지의 죽음과 대면하는 소년의 이야기로 압축함으로써 마땅히 제기되어야 할 질문을 차단한다. 이 소설에서 마땅히 제기되었어야 할 질문인 '왜 아버지는 죽어야 했는가'는 '왜 아버지의 시체를 어린 나에게 구태여 확인시켜 주었느냐'라는 확인할 수 없지만 이미 답을 알고 있는 물음으로 대체된다. 화자인 나는 성년의 시점에서도 왜 이모부가 아버지의 시체를 확인시켜주었는지 모르겠다고 말하지만, 첫 번째 인용문에서 확인되듯 그 이유는 이미 이모부의 말을 통해 설명되었다. 따라서 '나'의 '모른다'는 순진함을 가장한 위장된 반응이라 할 수 있다. 더 정리해야 할 쟁점들이 남아있지만, 일단 이 소설이 '빨갱이 아버지의 죽음을 사실로 수리'하는 장면의 스펙터클화에 집중하고 있다는 점만 지적해두고자 한다.

또 다른 좌익 2세 이문열은 자기정체성의 모순을 어떤 방식으로 해결했는가. 이를 확인하기 위해서는 이문열이 아버지의 이야기를 처음으로 소설화한, 그리고 작가 스스로 "일생을 통해 꼭 하고 싶은 얘기"라 여겼던 『영웅시대』를 살펴보는 것이 좋겠다.[10] 『영웅시대』『세계의 문학』, 1982.9~1984.6는 한국전쟁기 남로당 간부 이동영과 그 가족들의 수난을 다룬 작품이다. 이 소설의 주인공 이동영

10 이문열, 「작가의 말」, 『영웅시대』 하, 민음사, 1984, 669쪽.

은 이문열의 실제 아버지와 매우 유사한 이력을 가졌는데,[11] 작가는 실제 아버지를 닮은 이동영의 이야기에 '영웅시대'라는 반어적인 제목을 붙인다.

> 소년시절의 내게 있어서 공산주의란 말은 종종 피 묻은 칼이나 화약 냄새나는 총 같은 것과 비슷한 것으로만 이해되었다. (…중략…) 그러다가 더욱 철이 든 뒤에는 우리가 거의 20년 동안이나 '사회생활'과 '공민'과 '일반사회'와 또 '현대사'에서 무슨 거룩한 종교처럼 믿어 왔던 자유민주주의도 적에 대해서는 똑같은 역할을 해왔음을 알게 되면서 나의 이상함은 더 많은 가지를 쳤다. 이 아시아적 전제국가의 폐허 위에서 대규모로 일어났던 '지식인의 탈주'에 대해, 그들의 미혹과 방황, 독단과 편견에 대해, 설익은 사상의 독기와 일쑤 목적의 전도를 일으키는 이념 일반에 대해.[12]

'작가의 말'에 따르면, 이문열은 공산주의에 대한 본능적인 혐

---

11 「작가의 말」에서 이문열 스스로 "우리의 불행한 가족사"라 했거니와, 홍정선과의 대담에서도 자신의 소설 중에 자전적이라 부를 수 있는 작품으로 『영웅시대』와 『젊은 날의 초상』을 꼽은 바 있다(「소설적 자전 자전적 소설」, 『시대와의 불화』, 자유문학사, 1992, 239쪽).

12 이문열, 「작가의 말」, 『영웅시대』 하, 민음사, 1984, 670쪽.

오 때문에 공산주의자 이동영의 행적에 '영웅시대'라는 조롱 섞인 표제를 붙인 것이지만, 종국에는 이념 일반을 "설익은 사상의 독기"라 부르고 있으므로, 결국 이념이 현실을 지배하는 시대를 '영웅시대'로 규정하고 있는 셈이다.[13] 그러나 여전히 이문열의 펜 끝이 향하는 곳이 공산주의 이념이라는 사실에는 변함이 없다. 이념의 허망함에 대한 비판은 공산주의자 이동영의 행적을 통해 추론된 것이기 때문이다. 이문열은 아버지의 이념을 '영웅시대', '지식인의 탈주' 등 현란한 수사로 격하함으로써 자기정체성의 모순이 표면화될 수 있는 질문을 지연시킨다. 이처럼 격하된 공산주의 이념은 환멸과 회의를 불러오는데, 이 환멸과 회의는 작품의 종결부에서 동영의 아내인 정인의 전향으로 재현된다.

> 정인은 별이 총총한 밤하늘을 바라보고 걸으면서 새삼스레 자기에게 일어난 일이 무엇인가를 생각해 보았다. 이젠 남편 동영과는 영

---

13 이동영의 노트에서 확인되듯 '영웅시대'는 근대 법철학자 비코의 개념이지만 동시에 그 문학(근대소설)적 기원이 헤겔이라는 점, 그리고 헤겔은 소설(roman)이 영웅서사시의 근원적으로 시적인 세계상과 대조되는 산문적으로 조정된 현실을 기반으로 한다고 보았다는 점 등을 아울러 지적해두는 것이 좋겠다. 이에 대해서는 게오르그 빌헬름 프리드리히 헤겔, 두행숙 역, 『헤겔의 미학강의』 3, 은행나무, 2010, 786~806쪽; 가토 히사다케, 이신철 역, 『헤겔사전』, 도서출판b, 2008, 489쪽; 서정혁, 「헤겔의 미학에서 '소설론'의 가능성」, 『철학』 122, 한국철학회, 2015, 60쪽 참조.

원히 나란히 설 수 없게 된 영혼의 낙인을 받았다는 것이 문득 아득한 슬픔으로 떠올랐으나 그녀는 한숨 한 번 짓지 않고 집으로 향했다. / 세상에 그런 낙인은 없으며, 있다 해도 그것은 다만 인간적인 논리와 의식 안에서일 터이므로. 이제 자신이 첫발을 내디딘 세계는 그보다 훨씬 초월적인 원리에 지배되고 그 안에서 용서받지 못할 것이라고는 아무것도 없는 어떤 신적인 영역임을 그녀는 믿고 있었으므로. 『영웅시대』 하, 666쪽

세례식이 끝난 뒤 "별이 총총한 밤하늘을 바라보고" 집으로 돌아가는 정인의 내면 풍경은 "인간적인 논리"와 "초월적인 원리"의 대조를 선명하게 부각시킨다. 남편을 따라 공산주의 이념을 좇던 정인에게 기독교는 '인간적인 논리'의 어둠을 밝히는(상대화하는) '초월적인 원리'의 별빛으로 각인된다. 세례식으로 재현되는 정인의 전향은 '연좌제 가족'의 소망을 담고 있다 하겠는데, 그 소망이란 자신이 더 이상 빨갱이 아버지의 핏줄이 아니라 더 초월적인 세계에 속한 한 명의 인간임을 증명하고 싶은 이문열의 바람과 다른 것이 아니다. 그러나 남편을 따라 공산주의 이념을 내면화했던 정인과 달리 애초에 어떤 신념도 가진 적이 없는 '좌익 2세'에게는 이념 선택의 문제가 밤하늘과 별빛의 대조처럼 선명한 것이 아니었다. 이 미해결의 상황은 『영웅시대』의 '에필로그'에서 하나의 삽화로 제시된다.

"느그 아부지가 빨갱이이 니는 빨갱이 새끼 아이고 뭐꼬?"

(…중략…) "우리 아부지? 우리 아부지는 일마들아, 영웅이따, 영웅, 그카는 느그들 아부지가 다부 빨갱이라."

빨갱이란 말이 앞으로 그의 삶에 어떤 의미를 가질지는 전혀 모르는 채 나중에 온 아이는 그렇게 소리치고는 오히려 어깨까지 으쓱했다.『영웅시대』 하, 668쪽

정인의 전향으로 종결되는『영웅시대』의 서사구조는 공산주의에 대한 비판을 노골적으로 함축하지만, 이러한 소설의 구조는 에필로그로 인해 완결되지 못한다. 모든 서사가 끝났음에도 해결되지 않은 모순들이 남았고, 그 모순은 서사 형식의 완결성에 균열을 남기면서 미래를 향해 연장된다. 서사 형식 자체의 균열로 표시되는 불화의 흔적은 이문구의 소설에서 더욱 분명하게 나타난다.

이문구는 김원일, 이문열과는 달리 자신의 불행한 가족사를 직접적으로 소설에 묘사한 적이 없다.『관촌수필』,『장한몽』 및 기타 70~80년대 소설에 작가의 유년기 및 청년기 경험이 투영되어 있지만 이문구로 하여금 문학에 투신하도록 유인한 바로 '그 경험'은 소설화된 적이 없다. 이문구에게는 김원일의「어둠의 혼」,『불의 제전』이나 이문열의『영웅시대』와『변경』에 해당하는 작품이 없다는 뜻이다. 주지하듯 이문구의 아버지는 해방 이전 남로당 보

령군 총책을 맡았다가 한국전쟁 시작과 함께 예비검속되어 처형당하며, 같은 해 그의 두 형들 역시 아버지의 일과 연루되어 피살된다.[14] 이문구에게 한국전쟁기 가족들의 잇따른 죽음은 문학의 길로 들어서게 한 직접적인 계기였고, 본인 스스로도 '그 경험'를 써야 한다는 의무감을 느꼈지만 실천에 옮기지는 못한다.[15]

그러나 이문구가 소설을 통해 '그 경험'을 전혀 쓰지 않은 것은 아니다.[16] 이문구는 직접적이지 않은 방식으로 '그 경험'을 소설에 반영했는데, 작가 스스로는 이를 두고 "생략이라는 편법"이라 불렀다.[17] 「명천유사」『실천문학』 5, 1984.1는 이문구가 밝힌 "생략이라는 편법"이 가장 직접적으로 드러나는 작품이다. 이 작품은 제목 그대로 작가의 아호인 '명천鳴川'의 유래와 내력을 밝히는 내용으로 구성되어 있다. '명천'이라는 호를 가진 이 글의 서술자는 "오얏나무李 밑에서 글文을 구求하는 자", 즉 작가 자신이다. '명천'은 작가의

14 이문구, 「남의 하늘에 묻어 살며」, 『꽃이 아니라도 좋아라』, 전예원, 1979, 103~104쪽.

15 이문구, 「작가와 개성」, 『소리나는 쪽으로 돌아보다』, 열린세상, 1993, 137~138쪽.

16 산문집에 실린 「남의 하늘에 묻어 살며」의 경우, 최초 자전소설의 형식으로 발표되었기 때문에(「남의 하늘에 붙어 살며」, 『나 – 처음으로 털어놓은 문제작가 10인의 소설』, 청람문화사, 1978), 이 글을 소설로 본다면 비극적인 가족사를 소설화한 적이 있다고 보아야 한다. 그러나 소설에서 가족사를 언급하는 것과 이를 소설화(사건으로 취급하는 것)하는 것은 다른 차원의 문제다. 따라서 「남의 하늘에 묻어 살며」를 소설로 취급하더라도 '비극적 가족사'가 소설화된 적은 없다고 보아야 한다.

17 이문구, 「남의 하늘에 묻어 살며」, 『꽃이 아니라도 좋아라』, 전예원, 1979, 142쪽.

고향인 "관촌마을과 읍내를 가운데에 두고 마주 보는 과녁빼기"95쪽 명천리에서 유래한 것으로, '명천리'를 가로지르는 하천의 이름이 '으름내' 곧 명천이다. 이문구는 "예로부터 사사로이 연고가 깊은 대천읍의 명천리를 잊지 않기 위"해 '명천'이라 자호했던 셈이다. 곧이어 서술자는 그 '사사로운 연고'의 내용을 밝힌다.

> 1910년대에는 조부가 일문을 옮겨와서 주민이 되고, 1920년대에는 그 담도 울도 없이 다 쓰러져 가던 오두막이 어머니의 시집이 되었으며, 1940년대에는 관촌에서 나를 업어 기른 옹점이가 이 동네의 아무것도 없는 집으로 시집을 와서 살았다. 그 후 1950년대에는 난리에 중형이 함께 일했던 수십 명과 한두름으로 엮이어 옥마산 중턱의 후미진 이어닛재 골짜기에서 학살을 당하였고, 나는 초등학교 사학년 이학기에 그 옆의 명천폭포로 소풍을 왔으며, 나중에는 그 아래에 있는 중학교에 진학하여 삼 년 동안 다녔다. 그리고 1960년대에는 우리 집에서 장근 열다섯 해 동안이나 머슴살이를 했던 최서방이 으름내 저쪽의 양로원에 말년을 맡겼다가 쓸쓸히 세상을 마쳤으니, 이것이 나와 명천이 맺은 우여곡절의 대강인 것이다.「명천유사」, 96쪽

서술자는 1910년대부터 1960년대까지 자신의 가족과 명천리의 인연을 간략히 정리하는데, 이문구의 '그 경험'에 해당하는 둘

째 형의 죽음은 옹점이와의 인연과 초등학교 소풍 사이에 별다른 강조 없이 끼어든다. 이문구의 상징과도 같은 산만하고 완곡한 문체는 '그 경험'을 다른 일상적인 경험과 평등하게 다룬다. 이러한 서술 방식은 『관촌수필』에서도 마찬가지였다. 즉 '생략이라는 편법'은 '그 경험'을 서술하지 않는 것이 아니라 '그 경험'에 관해 덜 말하거나 다른 경험과 평등하게 말하는 '문체의 절대화'에 가깝다. 랑시에르의 표현을 빌리자면, '주제, 플롯 구성, 사상과 감정의 표현 등이 모조리 문체로 대체'되는 이문구의 글쓰기는 소설을 이루는 모든 요소 간의 위계, 특히 핵사건과 주변사건의 위계를 폐지하는, "침묵하면서 동시에 더 말하는" 문학의 정치에 근접한다.[18]

이문구는 고유한 문체를 활용해 '그 경험'을 분산된 형태로, 다른 사건들과 평등하게 나열한다. 김원일과 이문열이 연좌제 가족의 수난사를 핵사건으로 들여놓았던 것, 그러면서도 동시에 자기 정체성의 모순을 압축·전치하거나 이월했던 것과 달리, 이문구는 '그 경험'을 '주변적인 것'으로 분산함으로써, 동시에 그 모순이 텍스트 내부에 현존하도록 만든다. "전생에 무슨 업을 지어 생때같은 자식을 앞세우구두 이러구 사는지, 어이구 모진느므 팔

18 자크 랑시에르, 유재홍 역, 『문학의 정치』, 인간사랑, 2009, 20~27쪽.

자……"98쪽라는 어머니의 한탄, "난리에 사램이 사람 잡는 걸 봉께 가이개 색긔를 치는 게 낫겄더라"106쪽라는 동네 사람들을 향한 최서방의 비난, "이어닛재중형이 사살된 장소-인용자 주를 건너다보며 옛날 사람들이 원수 갚는 방법을 이야기"111쪽하는 어린 시절 '명천'의 원한은 과거를 회상하는 서술자의 산만한 문체와 알아듣기 힘든 충청도 방언 사이에서 아무렇지 않게, 아무렇게나 출몰한다.

'좌익 2세'들에게 글쓰기 특히 소설 쓰기를 선택하는 과정은 각별한 의미를 갖는다. 표현의 강도에는 차이가 있지만 이들은 '특정한 이야기'를 쓰기 위해 소설을 선택했다고 말하기 때문이다. 분단체제하에서 '좌익 2세'들의 '특정한 이야기내용'는 자유로운 담화공간을 필요로 했는데, 이에 가장 적합한 것이 소설이라는 형식이었다. 허구적인 담론 형태로서의 소설이라는 관념은 이들에게 국가와 대립하지 않으면서 '하고 싶은 말'을 할 수 있는 자유로운 공간으로 사유되었을 가능성이 높다. 그러나 소설의 고유한 특성이라 할 수 있을 '허구성'은 '특정한 이야기내용'를 자유롭게 표현할 수 있는 핵심적인 장르 규칙이면서, 동시에 그 '특정한 이야기'를 '지시적 기능'과는 구별 짓는 형식문법의 이데올로기이기도 하다. '하고 싶은 말'을 하기 위해서는 철저하게 소설의 장르규칙-형식의 이데올로기에 복무해야 했기에 이들이 쓰고 싶었던 '특정한 이야기좌익 2세 정체성의 모순'는 모종의 변형을 겪게 된다.

그러나 유의해야 할 것은 '그들이 하고 싶었던 말' 자체가 무의식은 아니라는 점이다. '그들이 하고 싶었던 말'은 표현되지 않았을 뿐, 충분히 의식적으로 지각되는 무엇이었기에 전의식이나 잠재적인 꿈-사고에 가까우며, 바로 그 잠재적인 '꿈-사고'가 문학의 규칙압축과 전치에 따라 '할 수 있는 말'로 변형됨으로써 그들의 소설 즉, '꿈-서사'로 결정된다. 무의식은 그 변형을 결정하는 힘, 잠재적인 '꿈-사고'를 명백한 '꿈-서사'로 변형하는 바로 그 힘과 관련된 무엇이다. '그 힘과 관련된 무엇'을 이 책에서는 '좌익 2세'작가들의 '마음의 레짐'이라 판단하는데, 이에 대해서는 이 장의 마지막 부분에서 마저 논의하겠다.

3. 타협_ 87년 체제와 생존의 정치경제학

혈연과 이념이 결합된 배제의 논리가 법적인 효력을 다한 것은 1980년이었다. 제5공화국 헌법에 공식적으로 연좌제를 금지하는 내용이 반영되었기 때문이다. 김원일과 이문열이 소설에서 좌익 이데올로그 아버지에 관해 구체적으로 묘사하기 시작한 것도 이 시점과 겹친다. 김원일의 『불의 제전』1980년부터 연재 시작, 이문열의 『영웅시대』1982년부터 연재 시작가 이에 해당하는 작품이다. 김원일의 경우

1970년대 「어둠의 혼」이나 『노을』 등에도 좌익 아버지에 대한 묘사가 나타나지만, 이 두 작품과 『불의 제전』 사이에는 결정적인 차이가 존재한다. '좌익 아버지의 죽음'이 그것이다. 1973년 「어둠의 혼」의 아버지는 남한 군경에 의해 한국전쟁 전에 사살되며, 1978년 『노을』의 아버지 역시 한국전쟁 전에 죽은 것으로 묘사된다. 반면 『불의 제전』에서 좌익 아버지 조민세는 죽지 않고 월북한다. 실제 김원일 아버지의 행적에 가까운 것은 물론 『불의 제전』 쪽이다. 이문열 역시 1980년 이전에도 『젊은 날의 초상』같은 자전적 소설을 쓰지만, 아버지의 이야기는 생략되었다가 1982년 『영웅시대』에 이르러서야 본격적으로 등장한다.

그러나 이들에게 1980년이 자신들의 정체성에 새겨진 모순을 자유롭게 묘사할 수 있는 시대의 원년으로 인식되었던 것은 아니었다. 이들의 '월북한 살아있는 아버지'는 반공을 국시로 한 독재정권하에서 잠재적인 위협일 수밖에 없었기 때문이다. 이문구 역시 마찬가지였다. "할 만한 말은 아직 그럴 때가 아니"라고 판단한 이문구는 "소년시절의 이야기에도 주장이 없을 수 없으나, 여전히 때 이른 감이 없지 않아 생략"의 편법을 활용하게 되며, 이러한 태도는 『명천유사』1984까지도 그대로 유지된다. 즉 1980년대에도 좌익 2세들은 여전히 자신들의 정체성 때문에 현실적인 제약을 받을 수 있다는 경계심을 늦추기 어려운 형편이었다. 이들과 국가의 대립이 해소된 것은 역시 1987년이라고 보는 것이 타당하겠는데, 이문구의 다음 글은 좌익 2세 작가들이 처한 현실을 이해하는 데에 도움이 된다.

> 6·29 후에 민족문학작가회의로 이름이 바뀌었습니다만, 회원이 900명입니다. 그러나 그때는 101명으로 출범하였고, 나 자신도 1974년 이후에 1987년 6·29 시민혁명 때까지 중앙정보부를 열 번 이상 들락거렸습니다. 잡혀갔다는 얘기지요.[19]

이문구는 자신이 중앙정보부에 잡혀갔던 경험을 1987년 6월 29일까지만 셈한다. 물론 이문구가 중앙정보부에 잡혀간 것은 주로 '자유실천문인협의회'와 관련된 활동 때문이었지만, 1987년 6월항쟁을 '6·29 시민혁명'이라 지칭하는 이문구의 문장 속에는 국가권력의 정치적 선언을 '시민혁명'의 완성으로 이해하는 좌익 2세 작가들의 현실인식이 뚜렷하게 담겨 있다. '시민혁명'이 국가권력의 정치적 선언에 의해 규정되고 있다는 사실은 이들에게 1987년 6월항쟁의 현장이 시민들의 거대 공론장이 아니라 국가로 귀속되는 과정, 즉 (남한)국민으로 재탄생하는 순간이었음을 방증한다. 다시 이

19 이문구, 「『관촌수필』과 나의 문학 역정」, 『나의 문학 이야기』, 문학동네, 2001, 144쪽.

들의 소설로 돌아가 보자.

“장편 『노을』에서 아버지를 실제 아버지와는 다른, 무식하고 거친 백정김삼조으로 그려서 발표 뒤에 내심 찜찜했”던 김원일은 『불의 제전』을 통해 “마음에 자리한 제대로 된 아버지조민세 모습”을 그리고자 노력한다.[20] 작가는 『불의 제전』에서 “실제로 겪었던 인공 치하 석 달 (…중략…) 모든 것을 사실 그대로 정직하게 기술하려고 힘”썼다고 말한 바 있다.[21] 한국전쟁 당시 작가의 경험을 가장 직접적으로 재현한 작품인 『불의 제전』에는 실제로 한국전쟁 당시 본인을 포함한 가족과 주변 인물들의 행적이 사실에 가까울 정도로 자세하게 묘사된다.[22]

이처럼 작가의 경험과 밀접한 관련이 있는 『불의 제전』에서 가장 중요한 역할과 기능을 맡은 인물은, 그러나 작가의 어릴 적 모습이 투영된 조갑해나 작가의 아버지를 모델로 한 조민세가 아니라 순전히 허구적인 인물인 심찬수다. 심찬수는 “남북문제와 관련

---

20 김원일 · 정호웅, 「『불의 제전』 작가에게 듣는다」, 『불의 제전』 5, 강, 2010, 388쪽.

21 위의 글, 394~395쪽.

22 『불의 제전』에서 묘사되는 유년 시절의 경험과 아버지 이야기는 김원일과 그의 실제 아버지 김중표가 모두 실명으로 등장하는 논픽션소설 『아들의 어버지』(2013년)에 서술된 내용과 큰 차이가 없는 수준이라는 점을 감안할 때, 김원일은 『불의 제전』에서 자신의 기억과 알고 있는 정보를 비교적(「어둠의 혼」이나 『노을』과 달리) ‘진실하게’ 묘사했다고 볼 수 있다.

하여 양쪽을 비판할 수 있는 중도에 선 자로서, 저김원일-인용자 주의 대변인 격으로" 내세운 인물로,[23] 한국전쟁이 발발한 뒤 다양한 계층의 인물들과 관계를 맺으며 서사를 이끌어 간다. 서사의 한가운데에서 행동하며, 작가를 대신하여 말하고 판단하는 심찬수는 한국전쟁 및 가족사에 대한 작가의 의식·무의식을 준별하는 데에 가장 적절한 인물인 셈이다.

이 글의 주제와 관련하여 심찬수라는 캐릭터에서 가장 주목해야 할 것은 그의 신체와 그 신체에 기입된 '역사'다. 심찬수는 해방 이전 좌익 서클에서 활동하다가 검거되어 황군에 자원입대한다. 자원입대하지 않으면 자신의 생명과 가족의 안위를 보장할 수 없는 상황에서, 심찬수의 자원입대는 사회주의로부터의 전향을 의미한다. 그러나 식민지 조선인에게 사회주의로부터의 전향은 제국인의 전향과는 다른 의미를 갖는다. 제국 일본의 사회주의자들에게 전향은 사회주의로'부터의' 전향이자 천황주의'로의' 전향을 의미했던 반면, 식민지 조선인에게는 사회주의로부터의 전향은 가능하지만 다른 '무엇'으로의 전향은 불가능했다. '무엇'으로의 전향이 불가능한 이유는 심찬수의 백스토리에서 잘 드러난다.

---

23 김원일·정호웅, 앞의 글, 398쪽.

필리핀 민다나오섬 밀림 속 동굴이었다. 종전 무렵, 민다나오섬 칼라판 지역을 평정한 미군에 쫓긴 일본군 패잔병 여섯이 동굴 속에서 보름 동안 갇혀 지냈다. (…중략…) 가죽 혁대는 물론 신발 밑창까지 삶아 먹다 못해 조선군 하나와 일본군 하나는 말라리아와 굶주림으로 죽었다. 나머지 네 병사가 살아남을 수 있었던 기적은 죽은 전우의 시체 덕분이었다. 심찬수 역시 인육을 먹었다. 동굴 생활 때까지만도 그의 왼팔은 멀쩡하게 붙어 있었다. 그가 왼팔을 잃기는 두 전우의 살코기를 양식 삼아 50여 킬로의 밀림을 헤쳐 마을을 만난 후, 일본인 전우 아베의 자상 때문이었다. 마을은 이미 미군이 주둔해 있었다. 그는 일본군이 아니었으므로 투항을 결심했으나, 아베는 황국 신민으로서 넷 모두 명예로운 자결을 강요했다. 그 다툼 끝에 아베의 군도에 그의 한 팔이 잘려 나갔다. 아베와 다른 일본인 전우 둘은 천황폐하 만세를 외치며 할복 자결했고, 그는 팔을 잃은 채 도망쳐 미군에 투항했다.『불의 제전』 1, 188~189쪽

심찬수는 태평양전쟁 말기 미군의 공세에 밀려 전우들과 함께 동굴에 숨어 지내다가 미군에 투항하려 한다. 그러나 '전우' 중 한 사람인 일본인은 심찬수의 투항을 막기 위해 칼을 휘둘러 심찬수의 팔을 자른 뒤, 할복한다. 전쟁에서 패배한 일본 군인은 투항이 아니라 할복을 선택함으로써 천황제의 무한성으로 귀환한 반면,

식민지인 심찬수에게는 천황제의 무한성으로 귀환할 이유가 없었다. 그러한 상징체계를 갖지 못했기 때문이다. 심찬수가 할 수 있는 것은 할복이 아니라 투항이었으며, 일본 군복을 입고 미군에 투항한 조선인 불구자가 심찬수의 정체성이었다. 그러나 이것이 심찬수의 신체에 새겨진 '역사'의 전부는 아니다. 부대에서 낙오한 심찬수가 한 달이 넘는 도피 기간 동안 살아남을 수 있었던 것은 전우의 시체 때문이었다. 이와 관련하여 심찬수의 캐릭터 설정에 대한 김원일의 회상을 다시 한번 옮기는 것이 좋겠다.

> 남북문제와 관련하여 양쪽을 비판할 수 있는 중도에 선 자로서, 저의 대변인 격으로 심찬수를 등장시켰습니다. 방황하는 주정뱅이 지식인으로 그리기 위해 일제 말 전쟁에 참전했다가 한 팔을 잃은 불구자로 설정했는데, 작품을 써나가면서 그 '불구자' 설정의 덕을 톡톡히 보고 있음을 알고는, 우연이었지만 인물 설정 때 '잠재적인 어떤 계시'가 있었다는 느낌을 여러 번 받았습니다.[24]

심찬수는 남북문제와 관련하여 양쪽을 비판할 수 있는 중도에 선 자로 설정되었고, 이를 조금 더 구체화한 것이 '방황하는 주정뱅

24 위의 글, 399쪽.

이 지식인'이며, '방황하는 주정뱅이 지식인'의 상징으로 채택된 것이 '한 팔을 잃은 불구자'이다. 앞서 밝혔듯 심찬수는 이 소설에서 다소 예외적인, 순전히 허구적인 인물이며 동시에 작가의 대변인으로 설정되어 있기 때문에 서사의 컨벤션에 아주 중요한 기능을 담당한다. 비유적으로 말하자면, 심찬수는 기능이라는 뼈대를 중심으로 살을 붙여 나간 인물이며, 이는 모델이 있는 작품의 다른 인물들과는 전혀 다른 캐릭터 설정이라는 뜻이다. 그렇기에 심찬수의 신체와 그 신체에 얽힌 백스토리는 '소설가' 김원일의 의도와는 거리가 있는 '역사의 간지'일 수밖에 없다. 심정적 사회주의자였던 심찬수는 제국의 폭력으로 인해 사회주의'로부터' 전향하지만, 제국 내부에서 그의 정체성은 어디에도 귀속될 수 없는 '무엇'이었다. 그러한 심찬수는, '1990년대 초중반'에 집필된 작품의 중후반부에서, 좌익 이데올로그의 아들을 고향으로 데려오기 위해 한국전쟁의 한복판으로 뛰어드는데, 이 과정을 통해 비로소 회의적인 지식인의 삶을 청산하고 현실에 안착하게 된다. 그 현실이 분단된 한반도의 남쪽임은 두말할 것도 없다. 아울러 심찬수가 전쟁의 한복판에서 숱한 위기를 넘기는 데에 '한 팔을 잃은 불구자 설정'이 크게 도움을 주었다는 사실은 '청산'과 '안착'에 관해 다시 생각하게 한다. 심찬수가 회의적인 지식인의 삶을 '청산'하고 한반도 남쪽 땅에 '안착'하는 데에는 한쪽 팔을 잃는 희생이 필요했다는 것, 동시에 그 불구자의 신체가 전우의 죽음에 빚지고 있다는 점, 그리고 이 '청산'과 '안착'의 서사가 1990년대 초중반에 창안되었다는 사실은 '냉전-분단체제'의 모순을 '생존의 절대화'로 해소하려는 '87년 체제'의 원근법이 이 작품에 작용하고 있음을 짐작게 한다.

1986년 8월 『한국일보』에 연재를 시작한 이문열의 『변경』은 4·19 직전인 1950년대 후반에서 비상계엄령이 발표된 1972년 10월 17일까지 명훈, 영희, 인철 등 '연좌제 가족'의 성장과 몰락을 다룬 대하장편소설이다. 스토리 차원에서 보자면, 이 소설은 자본의 논리에 침식되어 가는 영희의 이야기와 천신만고 끝에 민중의 편에 서게 되는 명훈의 이야기가 양축을 형성하고 있고, 이 두 사람의 삶이 각각 미국 유학파 경제학자 김시형과 학생운동가 출신 기자 황석현의 토론을 통해 그 논리를 얻는 방식으로 구성되어 있다. 하층 노동자 계급명훈-황과 소시민 계급영희-김 간의 이항대립은 서사의 종결부에서 인철의 예술가 의식에 의해 중재되는데, 이러한 구도만 놓고 보면 『변경』은 '굴절된 형태'의 교양소설에 가깝다. 서구의 전통적인 교양소설이 시민계급과 귀족계급 간의 운동을 전제로 하는 반면,[25] 『변경』에서는 이 운동의 양축이 (소)시민계급과 노동자계급

25 일반적으로 서구의 교양소설은 귀족계급에 대한 시민계급의 경쟁 심리로부터 발전한다. 고귀한 핏줄을 타고나지 못한 시민계급은 그 결여된 부분을 시민적인 교양으로 벌충하려 한다. 이 과정에서 강조되는 것이 부르주아 예술이다. 교양소설의 전범으로 꼽

으로 조정되기 때문이다. 따라서 『변경』을 이해하는 데에는 두 계급 간의 대립을 해소하는 인철의 논리를 확인하는 것이 무엇보다 중요한데, 그 전에 두 계급 간의 전선을 상징하는 '변경'의 의미부터 간략히 정리해보는 것이 좋겠다.

제목에서 확인되듯, 작가는 한국의 현실을 미국과 소련 두 제국 사이의 경계, '변경'으로 인식한다. 냉전체제를 상징하는 두 패권국가 미국과 소련은 한반도를 양분하였을 뿐만 아니라 남쪽의 국민에게도 선택을 요구한다. 미국의 입장을 대변하는 김은 제국미국에는 외부가 없다는 입장을 견지하면서 남한에서는 혁명이 불가능하며, 따라서 더 철저히 제국인이 되는 것이 가장 올바른 선택임을 천명한다. 반면 황은 김의 '변경'이라는 현실인식에는 동의하지만 '변경'의 역전을 믿는 쪽이다. 황은 인철과의 대화에서 자신의 변경론을 정식화하는데, 그의 말에서 가장 주목해야 할 표현은 '주변의 핵심화'이다. 황은 역사주의적인 관점을 동원하여 두 제국의 변경인 한국이 살아남는 길은 제국의 교체기에 구제국의 주변이 신제국의 핵심으로 전환되는 역사적 사례에서 찾아야 한다고 말한다. '주변의 핵심화'라는 표현은 제1세계와 제2세계

히는 괴테의 『빌헬름 마이스터』, 토마스 만의 『토니오 크뢰거』 등이 모두 이런 구조로 구성되어 있다(오한진, 『독일 교양소설연구』, 문학과지성사, 1989, 12쪽 참조).

의 대립으로 재현되는 전 세계적 냉전체제가 한국의 지정학적인 위치를 통해 '냉전-분단체제'로 압축·제유되고 있음을 전제로 하며, 이 같은 지정학적 위치는 다시 '변경이 제국에 가하는 압력'으로 전도될 여지를 남긴다. '주변의 핵심화'로 정리되는 황의 논리는 백낙청의 제3세계론 및 분단체제론과 아주 흡사할 뿐만 아니라, 특정 시기 한국인 전체를 관통하는 기본적인 의식 구조에 가깝다.

이문열이 자신의 분신인 인철의 입을 빌려 가장 집중적으로 비판하는 것도 바로 이러한 '변경론의 전도변경이 제국에 가하는 압력'이다. 인철은 월북한 좌익 이데올로그 아버지에게 보내는 편지에서 7·4남북공동성명을 "제국에 대한 변경 정권의 공갈"로 해석하는 동시에 이러한 '공갈'이 남북 정권의 정치적 이익을 도모하는 행위이며, 10월 유신이야말로 남쪽 정권의 정치적 이익을 실현하는, "권력의 치욕이 제도화"되는 사건이자 "정치적 재앙"이라 파악한다.『변경』 10, 222~223쪽 그러나 인철이문열이 진정으로 두려워하는 것은 그다음에 오는 것이다. 인철은 7·4남북공동성명과 10월 유신이 남쪽 정권의 정치적 이익을 실현하는 비상한 방식이긴 하지만, 정권을 유지하는 과정에서 발생할 "지식인의 탈주 현상과 도시 빈민의 양산"이 결국 변경에 더 참혹한 사회적 혼란과 충돌을 야기할 것이라는 예측을 내놓는다.『변경』 10, 222쪽 다분히 1970~80년대 민족/민중운동을 상기시키는 인철의 말은 물론 이 소설의 종결부를 쓰던 1990년대 중반 이문열의 현실인식이라 하겠다. 인철은 마치 80년대를 미리 본 것처럼 계급투쟁을 자기식으로 재해석함으로써 문학으로의 전향에 논리를 부여한다. 아래는 형에게 보내는 두 번째 편지의 일부다.

> 그들의 세계관에 전면적으로 찬동하지는 못한다 할지라도 마르크스주의자들이 사회 계급을 기본 계급과 주변 계급으로 분류한 것은 온당해 보입니다. 이 시대의 기본 계급으로 부르주아와 프롤레타리아를 든 것도 부인하기는 어렵습니다.
>
> 그렇지만 진작부터 저는 주변 계급의 역할에 주목해왔습니다. 주변 계급은 흔히 오해되는 것처럼 국외자나 일탈자가 아닙니다. 오히려 자칫 극단으로 치닫기 쉬운 두 계급의 가운데서 그들을 비판하고 조정하는 기능을 할 수 있는 것은 그 주변 계급밖에 없습니다. (…중략…) 나는 그 문학으로 주변 계급에 머물러 있겠습니다. 저 쉽게 미치고 절망하고 잔인해지는, 그래서 일쑤 끔찍한 리바이어던을 만들어내는 두 기본 계급 사이에 위엄 있게 머물러 그 욕망을 조정하고 이해를 조화시켜보겠습니다.『변경』10, 226~227쪽

위의 인용문은 인철이 우려 속에 예측하고 있는 1970~80년대

민족민중운동의 혼란과 연결하여 독해할 필요가 있다. 80년대 민족민중운동에서 민중을 배제한 것이 70년대 사회운동이었고, 이는 유신 정권의 정치적 계산과 1970~80년대 민족자주운동이 공유하던 한계라는 것이 인철의 기본적인 현실 인식이다. 작가는 '민족자주'를 70년대적인 오류로 간주하면서 그보다 더 근본적인 대립, 즉 계급모순을 인철의 전향 논리 속에 기입하는데, 인용문에서 확인하듯, 인철은 문학이라는 주변계급에 머물면서 두 기본계급 간의 갈등을 조정하겠다는 '정치적 포부'를 드러낸다. 그러나 문학으로의 전향에 얽힌 인철의 본심은 선배에게 보내는 편지에서 훨씬 솔직하게 표현된다. '좌익 2세'인 인철은 "국외자, 일탈자이면서도 시대와 절연되지 않고 살아갈 길"로 문학을 발견하지만, 문학에도 주류민주나 자유를 논하는 문학가 있고 자신은 그 주류가 될 수 없음을 확인한 뒤 법 공부를 통해 체제 편입을 시도한다. 그러나 유신 선포와 함께 법을 통해서는 체제에 정신적으로 일치시킬 수 없다고 느낀 인철은 다시 문학으로 돌아온다. 이문열의 청년기를 방불케 하는 인철의 문학입문과정은 '민주나 자유를 논하는 문학'과 '유신 체제의 법' 사이로 좁고 구불구불한 길을 낸다. 그러나 그 길에는 '변경의 역전'을 믿었던 황의 논리를 생존주의자의 처세술로 변형한 흔적이 남아있다.

1980년대를 '정신적 유행'의 시대라 지칭하며 "세상에는 유일한 답이나 만병통치약 따위는 없다"라고 주장하는 이문열에게서는 일견 허무주의자나 자유주의자의 면모가 보이기도 한다. 그러나 영남세도가를 이끄는 고고한 양반의 이면에 남장을 한 종부의 강력한 생존의지가 자리 잡고 있다는 국면은 도리어 관념주의자 이문열의 이면을 짐작게 하는 키워드가 된다. 그는 '믿음-행동'의 진정성이 주는 불안, 내면과 발화의 괴리에서 생겨난 신경증을 벗어나는 방편으로 '생존-행동'의 맹목성을 정치적 담화의 영역에 재배치한다. 이로써 오로지 '생존자'가 최후의 승리자라는 결정론에 가까워진다. 이는 1980년대 이문열의 행보가 보수 기득권층의 행보와 유사하게 보이는 이유라 할 수 있다.[26]

위의 글은 운동과 혁명의 시대를 허무주의적인 태도로 관조하는 이문열의 이면에 '생존-행동의 맹목성'이 도사리고 있음을 직관적으로 포착해낸다. 그러나 이 '생존-행동의 맹목성'이 운동과 혁명의 시대에 '믿음-행동'의 진정성이 주는 불안, 즉 신경증을 벗어나기 위한 방편은 아니다. 인철-이문열의 문학입문과정에서 노

26 정주아, 「이념적 진정성의 시대와 원죄의식의 내면」, 『민족문학사연구』 54, 민족문학사학회, 2014, 31쪽.

정되는 '좁고 구불구불한 길'은 '생존-행동의 맹목성'이 '좌익 2세'의 모순적인 정체성에서 체화된 것이자, 텍스트 표면에 기입될 수 있을 정도로 자각적인 것이었음을 증명한다. '좌익 2세'의 모순적인 정체성으로부터 체화된 '생존-행동의 맹목성'은 오히려 작가의 문학적 '정체성 정치'를 용이하게 해주는 핵심적인 알리바이로 기능한다. 그런 의미에서 인철의 문학입문은 황의 논리를 전도시킨 '변경의 역전'이다.

다시 교양소설로 돌아가 논의를 정리해보자. 괴테 이후 수많은 (독일)교양소설은 귀족계급과 시민계급 간의 갈등, 고귀함과 비속함의 간극을 청년의 방황과 예술적 행로를 통해 중화함으로써 세상의 이치를 깨닫고 현실에 정착하는 서사를 창안해 내었다. 이러한 정통 교양소설의 구조는 사회 구조의 변화에 따라 다양한 변형을 낳았는데,[27] 『변경』 역시 그러한 변형에 가깝다. 그러나 이 변형된 교양소설이 주는 교훈은 정통 교양소설의 그것과 큰 차이가 없다. 인철은 문학을 통해 주변계급에 남아 있겠다고 말하지만, 이 주변계급의 체현자는 '체제의 이데올로기'와 자신을 일치시키려는 보수주의적 욕망에 복무할 뿐이다. 그리고 보수주의적 욕망은 '좌익 2세'의 정체성이 배태한 '냉전 생존주의'로부터 그 정치적

27 프랑코 모레티, 성은애 역, 『세상의 이치』, 문학동네, 2005, 18~20쪽.

알리바이를 마련한다. 이 생존주의야말로 화려한 관념적 수사로 치장된 1980~90년대 이문열 문학의 본령에 가깝다. 생존을 절대화하는 인간들에게 가장 적당한 정체성이 '국민'임은 두말할 것도 없다. 그렇기에 87년체제를 관통하며 창작된 『변경』은 80년대 내내 한국사회의 가장 치열한 모순으로 현상하던 두 기본계급 간의 갈등을 '국민'이라는 정체성으로 통합하려는 국민-되기의 교양소설로 이해되어야 하겠다.

1970~80년대 내내 '문학운동'의 현장을 누비던 이문구는 1987년 "그 유월의 일을 끝으로 하고 초라한 서재로 복귀"한다.[28] 서재로 복귀한 뒤 이문구가 본격적으로 창작한 작품은 『토정 이지함』1990, 『매월당 김시습』1992 등 일련의 역사소설이다. 이전까지 이문구의 소설 경향을 고려할 때 역사소설로의 전환은 매우 이채로운 현상인데, 김시습이나 이지함 같은 '역사적 상징성을 가진 인물'을 서사화하는 것은 "시골에서 '보통으로 사는' 사람들의 이야기거나 도시의 변두리에서 '막사는' 사람들"을 소설의 주인공으로 내세웠던 기존의 창작 경향과의 분명한 단절을 의미하기 때문이다.[29]

이문구는 1980년대 내내 김시습에 대한 소설을 써야 한다는

---

28 이문구, 「소리나는 쪽으로 돌아보다」, 『소리나는 쪽으로 돌아보다』, 열린세상, 1993, 96쪽.

29 이문구, 「내 작품 속의 주인공들」, 『나는 남에게 누구인가』, 엔터, 1997, 111쪽.

의무감을 느껴왔다고 말하는데, 그 의무감의 근저에는 5·18이 놓여 있다.[30] 작가는 엄혹한 시대에 하고 싶은 말, 해야 할 말을 자유롭게 표현하는 존재로 김시습을 이해하였고, 그러한 태도야말로 문학의 존재 이유라 여겼다. 따라서 이문구의 역사소설은 1980년대 한국의 현실에 대한 작가 나름의 평가와 해답을 함축하게 된다. 김시습과 이지함은 "권세와 허세가 아니면 행세가 아닌 줄 아는 세상", "위선과 위장이 아니면 위민이 아닌 줄 아는 세상"과 구별되는 존재인데,[31] 이 두 인물에 대한 평가를 1980년대적인 문제 상황에 대입해보면 작가의 문제의식이 명료하게 드러난다. 이문구는 『매월당 김시습』을 가리켜 "부도덕한 정권의 끊임없는 모욕을 비웃으며 저마다 나름껏 살아가는 창살 없는 감옥의 문인과 지성인들의 모습을 소설로 써보고 싶었"고, "그것은 또 광주문제라는 과제를 어떤 공식이나 해법에 기대지 않고 풀 수 있는 간접적인 방법"이 될 수 있다 여겼다.[32] 이 지점에서 역사소설의 '간접적인 방법'과 대조되는 "공식이나 해법"에 기댄 문학이 '광주시光州時',

30 "내가 이 소설을 구상한 것은 '80년 5·18 직후'의 일이었다. 매월당 김시습의 삶이 나이 어린 용(단종)의 눈물과 문인들의 눈물이 함께 흘렀던 조선조의 '5공'이라 할 세조 연간부터 새로 시작되었기 때문이었다."(이문구, 「방이 있게 해준 책」, 『줄반장 출신의 줄서기』, 학고재, 2000, 252쪽)

31 이문구, 「이삿짐과 쓰레기」, 『나는 남에게 누구인가』, 엔터, 1997, 332쪽.

32 이문구, 「욕된 시대의 고통과 희망」(1993), 『나는 남에게 누구인가』, 엔터, 1997, 36~37쪽.

'취재와 자료를 바탕으로 한 작품'임을 부기해둘 필요가 있겠다.[33]

이 간접적인 해결방법은 "윤동주, 이육사, 한용운, 황현 등을 떠올리다가 세월을 거슬러 올라가면서 (…중략…) 선비사회문인사회에 영욕과 성쇠와 반목이 운명적으로 비롯된 사실을 되새"긴 끝에 김시습과 이지함에 도달하는 탈역사적·순환론적 현실 인식을 바탕으로 한다.[34] 즉 80년대 부도덕한 정권의 문제를 역사적이고 직접적인 방식으로 재현하는 대신 그것을 초역사적인 층위에서 권력과 선비문인, 현실과 문학의 대립으로 부조한 셈이다. 그런데 이러한 접근 방식에는 이문구 소설 특유의 문체적인 특성을 전도시키는 중요한 문제가 내포되어 있다. 역사소설에는 『관촌수필』 등 일련의 연작과 「명천유사」 등의 단편에서 활용했던 "소설의 인물이 곧 작가로 여겨지는 '작가적 인물'"의 서사 개입이 불가능하다는 점이 바로 그것이다.[35]

『명천유사』에 대한 분석에서 밝힌 것처럼, 이문구의 많은 소설은 인물의 행위가 서술 층위에 의해 분산·중첩되는 양상을 노정하는데, 이는 주요인물과 친분을 가진 '작가적 인물'의 화법-문체에 크게 의지하는 서술 방식이었다. 그런데 실존인물을 대상으로

---

33 위의 글, 31쪽.

34 위의 글, 35~37쪽.

35 장연진, 「이문구 문학 연구」, 고려대 박사논문, 2018, 130쪽.

한 역사소설에서는 '작가적 인물'의 서사 개입이 불가능해진다. 서술자는 역사적 실존 인물인 이지함과 김시습의 말, 생각, 행동을 의고체 문장으로 재현할 수 있을 뿐이다. 소설 속에서 이지함과 김시습은 세상과 타협하지 않고 자신의 신념에 따라 위선과 거짓으로 가득 찬 권력층을 자유롭게 비판하지만,[36] 그러나 이러한 절대적인 비판정신은 서술자의 분산적 기능을 희생시켜 얻은 형상이었고, 그 결과 이문구의 역사소설은 시대의 불화와 모순을 텍스트에 현전시키는 데에 실패한다. 포천 현감직을 수락하는 것으로 종결되는 『토정 이지함』의 서사는 선과 악의 명확한 이분법과 "이지함에 대한 갈등과 의심 없는 숭상의 시선"이 교차하는 완결된 자족적 세계일 뿐이다.[37] 『매월당 김시습』의 경우에도 상황은 비슷하다. 김시습의 굴곡진 삶의 이력을 고려할 때 이 소설에는 현실과의 불화가 강하게 투영될 수밖에 없음에도 불구하고 서술자의 의고체 문장은 그 불화들을 김시습의 예술적 성취"가능성의 화신"이자 "다된 미완성"를 돋보이게 해주는 꾸밈음으로 분식하고 만다. 이러한 한

---

36 『토정 이지함』에서 가장 큰 비중을 차지하는 것은 여러 인물, 특히 벼슬을 하고 있는 양반들을 평가하고 비판하는 내용이다. 『매월당 김시습』 역시 김시습이 길에서 만난 정창손을 꾸짖는 내용으로 시작하여 세조를 비롯한 권력층의 허위와 위선을 비판하는 내용이 많은 분량을 차지한다.

37 장연진, 앞의 글, 136쪽.

계는 1980년대적인 문제를 간접적인 방식으로 해결하겠다는 최초의 결심 속에 이미 결정되어 있던 것이 아닐까.

탈역사적·순환론적인 관점을 견지하는 이문구 역사소설의 문법은 1987년 6월 29일을 어떤 결정적 시점으로 승인한 바로 그 순간의 세계지평과 관련되리라 미루어 짐작된다. 거리에서 물러나 서재에 들어가 소설을 써도 된다는 판단, 그리고 이 판단 이후 처음으로 창작한 역사소설들의 의고체 문장은 그 소설들의 주인공인 김시습과 이지함의 신분을 다시 생각하게 한다. 작가 자신의 직계 조상이자 한산 이씨 가문의 적통이었던 이지함, 오세 때 세종을 알현하고 이계전에게 『중용』과 『대학』을 배운 김시습은 분명 민중지향적이고 현실 비판적인 선비들이었지만, 그들은 또한 먹고 사는 것을 고민할 필요가 없는 유한계급이기도 했다. 역사 너머로 후퇴한 작가에게 1980년대적인 문제 상황은 '부도덕한 정권의 부패'로만 인화되며, 그 시대를 뜨겁게 달구던 민족·계급모순들은 선비[문인] 김시습과 이지함을 향한 민중들의 의심 없는 존경과 숭상의 시선에 의해 해소된다. 부도덕한 권력을 거침없이 비판하고, 민중들에게는 의심 없는 존경을 받으며, 생존에 관해서는 고민할 필요가 없는 김시습과 이지함의 위치는 『변경』의 인철이 소망했던 주변계급으로서의 문학의 지위와 다른 것이 아니다.

그들의 봉건주의는 구동구권이 증명해준 바 있는 구조적인 결함들, 즉 부정부패에 뿌리박은 관료주의 및 생산의 저효율성과 통제 경제가 빚어낸 도로, 항만, 공항, 전기, 통신 등 사회간접자본의 영세성, 공해, 오염 등 환경 문제의 무관심 등과 같은 당면 과제가 배부른 헛소리로 취급될 수밖에 없을 정도로 2천만 주민이 아사 상태에 처하는 참극을 빚어내기에 이르렀다.

그들 나름대로 반세기 동안 갈고 다듬은 이데올로기도 먹는 문제에 부딪히자 전례 없이 무력하였다. 그들은 결국 이데올로기를 젖혀놓고 전 지구촌을 향해 구걸의 손을 내밀지 않을 수가 없게 되었다. 주민을 굶겨 죽이는 이데올로기는 범죄라는 것을 그들이 스스로 고백하고 있는 것이다.

인간사회의 이데올로기는 위선의 다른 이름인지도 모를 일이다.[38]

이문구는 1980년대 후반부터 1990년대 초반까지 한국소설가협회 회원 자격으로 중국, 구소련 등을 여행한다. 이 여행기에서 이문구는 사회주의 이념의 위선과 경제적 후진성을 거듭 발견한다.[39] 같은 시기 또 다른 '좌익 2세' 김원일과 이문열도 국제 펜클럽 등 문

38 이문구, 「이데올로기보다 앞서는 것」(1997), 『까치둥지가 보이는 동네』, 바다출판사, 2003, 178쪽.

39 이문구, 「러시아의 두 도시」, 『소리나는 쪽으로 돌아보다』, 열린세상, 1993.

학 단체 회원 자격으로 중국과 소련 등 동구권 및 사회주의국가들을 다녀온다.[40] 그리고 이들의 기행문에는 어김없이 가난, 계급, 민족 등이 키워드로 등장한다. 87년 체제의 성립과 함께 '좌익 2세'들에게 처음으로 허용된 해외여행은 사회주의 이념의 몰락을 확인하기 위한 현장답사였고, 이들은 그 이념의 맨얼굴을 착실하게 언어로 옮긴다. 여행에서 이들은 사회주의 이데올로기가 "삶의 질적 향상 문제에 관한 한 봉건주의적인 공리공론에 다름이" 아님을 확인하며,[41] "평등한 가난의 대륙"을,[42] "인간 차별주의의 전시장"을,[43] "이데올로기보다 삶이 중요하다는 것"을,[44] 그리고 '나라 잃은 조선족과 고려인의 애환'을 발견한다. 이 발견들이 공히 강조하는 것은 자유민주주의국가 한국과 그 국민의 영광이다.

좌익 2세 작가의 삶과 문학(의 선택)에서 드러나는 '생존의 절대화' 양상은 냉전-분단체제의 모순을 혈연과 이념이 착종된 고유한 정체성의 문제로 가시화한다. 그러나 생존의 절대화는 단지 좌

40 「문단 대륙향한 길닦기 활발」, 『한겨레』, 1988.11.15; 「共産圈 개혁의 현장 李文烈씨 TV르포」, 『동아일보』, 1990.6.30.

41 이문구, 「이데올로기보다 앞서는 것」(1997), 『까치둥지가 보이는 동네』, 바다출판사, 2003, 176쪽.

42 김원일, 「백두산 가는 길—중국편」, 『사랑하는 자는 괴로움을 안다』, 문이당, 1991, 105쪽.

43 이문구, 「러시아의 두 도시」, 『소리나는 쪽으로 돌아보다』, 열린세상, 1993, 176쪽.

44 「이념 작품 열띤 논쟁」, 『동아일보』, 1990.12.13.

익 2세들만의 문제가 아니다. 김홍중에 따르면, '민족/국가를 주된 생존 단위'로 하는 '냉전 생존주의 레짐1950~1997'은 "공산주의 침략으로부터 자신의 안전을 보장"하기 위해 "국력신장, 민족중흥, 발전과 개발의 논리"로 그 생존의 의미를 확장해나갔는데,[45] 만약 이러한 설명이 타당하다면 좌익 2세들의 정체성은 냉전-분단체제기 한국인들의 집합적 심리가 압축·전위된 상징체계에 가깝다고 볼 수 있기 때문이다. 아울러 '냉전 생존주의 레짐'의 말기에 해당하는 87년 체제는 '신자유주의 생존주의 레짐'으로의 이행기인 동시에, '냉전 생존주의 레짐'의 주된 단위였던 '민족/국가'에서 '민족'이 떨어져 나가는 시기이기도 했다. 좌익 2세 작가들이 비로소 한국의 국민이 될 수 있었던 것도 바로 이런 사정 때문이었다.

좌익 2세 작가는 자기정체성의 모순 때문에 생존을 절대화했던 것이지만, 87년 체제와 함께 국민으로 호명되는 순간, 그 모순에서 기인했던 생존주의는 오히려 그들의 '국민됨'을 보증하는 근거로 전도된다. '발전과 개발의 논리국가/재벌독점자본주의'로 무장한 국가에 생존주의자들만큼 적당한 국민은 또 없을 것이기 때문이다. 그런데 아직 한 가지 더 논의해야 할 문제가 남아 있다. 한국 국민이 되는 것을 기꺼이 수락한 이들의 소설은 이후 어떻게 되었는가.

---

45 김홍중, 앞의 글, 247쪽.

왜 1990년을 전후하여 김원일과 이문열은 자기 소설세계가 부정당하는 느낌에 당혹감을 느꼈으며, 왜 이문구는 서재로 돌아가 먼 과거의 이야기에 침잠하게 되었는가.[46]

4. 소결

'냉전 생존주의 레짐' 아래에서 좌익 2세 작가들의 소설은 자기정체성의 모순을 해소할 수 있는 질문과 그 질문에 대한 답을 지연하기 위해 압축과 전치를 일삼는다. 자기정체성의 모순을 해소할 수 있는 질문은 '냉전 생존주의 레짐' 아래에서 '현실적으로' 금지된 질문이기 때문이다. 그래서 압축생략과 전치가 필요했다. 압축과 전치는 문학소설의 규칙이고, 문학의 규칙 아래 있을 때 '현실적

46 김원일은 "소련의 페레스트로이카 영향으로 동구권 공산주의가 무너지고 독일이 통일"된 직후인 90년대 초반, 자기 소설의 주인공이 "공중분해한 듯" 느끼며, "『불의 제전』의 완성 의미 역시 낡은 구헌법을 뒤지듯 퇴색"되어버렸다는 당혹감을 드러낸다(김원일, 「마지막 연재분을 다시 시작하며」, 『삶의 결, 살림의 질』, 세계사, 1993, 174~175쪽). 이문열 또한 "내가 산 시대의 거대한 벽화를 남기겠다"는 야심과 함께 연재를 시작했던 『변경』이 "후회나 불안을 넘어 고문처럼" 자신을 괴롭혀 왔고, "엄청나게 소모적이면서도 효율 낮은 이 대하라는 양식"에 환멸을 드러낸다(이문열, 「책머리에 – 『변경』을 완간하며」, 『변경』 1, 민음사, 1998, 5~6쪽).

으로' 금지된 질문(으로 식별될 가능성)이 발설될 가능성은 없다. 문학의 규칙 아래에서 이들의 소설은 불화를 간직한 채 보존된다. 냉전 생존주의 레짐은 이들과 이들의 소설에 생존강박을 강요했지만 동시에 문학의 규칙에 충실할 수 있는 그러한 조건을 부여했던 셈이다.

87년 체제는 그 현실적인 제약이 해소된 시공간이었다. 국민이 되는 권리를 획득함과 동시에 이제 금지된 질문과 그 질문에 대한 답을 변형할 필요가 없어졌다. 그들은 자신들의 경험을 '대하'라는 형식으로 마음껏 쓰거나 역사적인 인물을 빌려와 원하는 대로 현실을 비판한다. 그런데 그렇게 마음껏 쓴 소설에서 독자들은 그 전시대 소설들에서의 긴장을 발견하지 못하며,[47] 일부 작가들은 자기 소설에 대해 환멸을 드러내기도 한다. 그들은 87년 체제와 함께 국민이라는 새로운 정체성을 획득하였지만 문학에 있어서는 아주 많은 것을 희생해야 했다.

'냉전' 생존주의가 그들의 글쓰기를 조건 짓는 '마음의 레짐'이

---

47 "공교롭게도 1987년 '6월항쟁' 이후 이문열 소설에 대한 한국사회의 열독도 하나의 분기점을 형성한다. 즉, 사회의 변혁이 가능하리라 믿고 또 그것을 실천할 수 있는 새로운 중산층의 출현 이후에 이문열 소설은 더 이상 열독되지 않았다. 마치 두 번째 독해가 첫 번째 독해를 배반하듯이, 그의 소설은 중산층에 의해 열독되었으나 그와 동시에 그 계층의 분열을 촉진하기도 했다."(이철호, 「장치로서의 연좌제 — 1980년대 이문열의 초기 단편과 "중산층" 표상」, 392쪽)

라 본다면, '냉전 생존주의'에서 '신자유주의 생존주의'로 이행하는 과정으로서의 87년 체제는 문학의 규칙을 강요하는 그 무의식적인 힘의 원천이 명백히 가시적인 것'처럼' 드러나는 순간이자 동시에 소실되는 과정이라 할 수 있다. 어쩌면 이것이 87년 체제 좌익 2세 작가들의 소설에서 긴장이 사라지는 원인인지도 모른다. 그리고 생존주의가 한국 근대를 병리적인 상태환원근대로 상정될 수 있을로 만든 원인이라면 이는 분명 분석되고 해소되어야 할 '무엇'임에 틀림없다. 그런데 이 병리적 상태의 원인이 '한국'근대를 견인한 집합 심리적 동인이자 '한국' 근대소설의 문학적 규칙을 결정한 중요한 원인일지도 모른다는 점을 감안한다면, 그처럼 쉽게 세 단계로 분절하여 — 마치 역사를 초월한 것처럼 — 분석을 종료해서는 안 된다.

냉전 생존주의 레짐이 끝나도 그 시대가 강제한 생존강박의 하비투스와 에너지는 사라지지 않는다. 냉전-분단체제에 결정적인 균열을 일으킨 1987년 6월항쟁 및 그 혁명의 기운과 함께 등장한 새로운 세대에게도 이 사실은 동일하게 적용되어야 한다. 민족민중문학론자들의 전폭적인 지원을 받으며 등장한 새로운 세대는 자본과 노동의 모순을 자기 세대가 해결해야 할 한국 근대사회의 주요모순으로 파악하면서 노동문학이라는 새로운 글쓰기의 문법을 제창한다. 그러나 1960년대 출생 작가들 역시 자신들의 부모

세대로부터 물려받은 '냉전 생존주의'의 유산으로부터 완전히 자유로울 수는 없었다. 다음 장에서는 87년 체제의 시작과 함께 등장한 1960년대 출생 작가들이 앞 세대의 '생존 강박'과의 급진적인 단절을 위해 무엇을 자기 세대의 가치로 내세웠으며, 이러한 과정에서 '상실된 것'은 무엇인지 탐색하고자 한다.

제2장

86세대, 정의를 위한 마주침의 신화

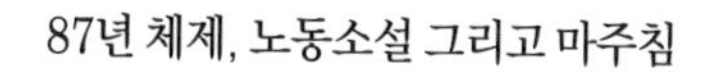

1. 87년 체제, 노동소설 그리고 마주침

1987년 6월항쟁과 그 항쟁으로부터 성립된 87년 체제는 한국의 헌정체제와 사회·정치체제를 급진적으로 변화시켰으며, 그 변화의 거센 물결은 한국문학에도 깊고 선명한 자취를 남겼다. 노동소설은 87년 체제가 한국문학에 남긴 가장 선명한 변화의 흔적이라 할 수 있겠는데, 그럼에도 불구하고 이른바 노동소설은 1987년을 전후한 4~5년 정도의 짧은 전성기를 끝으로 "지식인 집단과 주류 문단으로부터 급격한 청산과 배제의 과정을 겪고 오래도록 망각"되고 만다. 앞에서 인용한 문장은 천정환의 것인데, 이 글의 주제와 관련하여 천정환의 논의에서 보다 주목해야 할 부분은 다음과 같은 문장이다.

문학사의 '그' 노동소설은 그러니까 87년 체제의 산물이라 간주할 수 있다. '체제'는 실효를 다했지만 끝나지 않았기에 노동소설은, 아이러니컬하게도 어쩌면 동시대의 문화양식이다.[1]

위의 인용문에서 확인되는 것처럼 천정환의 관심은 "87년 체제의 산물"인 "'그' 노동소설"을 "동시대의 문화양식", 즉 2010년대의 노동소설과 접속시키는 데에 있다. 이러한 시도는 1990년대 신자유주의시대로의 전환과 함께 노동소설이라는 역사적 장르가 급격한 청산 과정을 겪으면서 '노동'과 '노동하는 인간'이라는 보편적인 문제를 문학적으로 연속성을 가지고 사유하기 어려워졌다는 문제의식을 전제로 한다. 요컨대 천정환의 논의는 1980년대와 2010년대의 불연속을 노동소설이라는 장르적 보편성으로 재정위하려는 시도라 하겠다.

흥미로운 점은 최근 한국문학 연구자들의 관심이 1980년대 이후로 이동하면서 이와 유사한 관점의 논의가 증가하고 있다는 사실이다. 환언하자면 1980년대 문학을 다루는 최근의 연구자들에게 1980년대가 지금/여기의 다기한 문제들을 함축하고 있는 '오

1 천정환, 「세기를 건넌 한국 노동소설 – 주체와 노동과정에 대한 서사론」, 『반교어문연구』 46, 반교어문학회, 2017, 134쪽.

래된 현재'로 주목받고 있다는 뜻이다. 그리고 이 연구들은 공통적으로 '이질적인 것들복수의 세대, 복수의 계급, 복수의 정체성, 복수의 취향 간의 마주침'이라는 테마를 강하게 환기한다.[2] 아직은 조금 섣부른 판단일 수도 있겠으나 이 글은 '이질적인 것들 간의 마주침'이라는 테마가 1987년 전후 한국문학에 대한 지금/여기의 연구들이 갖는 아주 중요한 특징이라 본다.[3] 그런데 1987년 전후를 다루는 한국문학 연구자들의 글에서 공통적으로 드러나는 이러한 태도는 어디에서 비롯된 것인가. 지나간 시간에 대한 애도 행위로 보이는 이

---

2 김예림은 6월항쟁에서 마주쳤거나 마주쳤어야 하는 두 계층 혹은 계급의 '지나침'을 건조하지만 조금은 아쉬움을 담은 목소리로 정리한다(김예림, 「'마주침'에 대하여」, 『민족문학사연구』 61, 민족문학사학회, 2016). 1987년보다 조금 뒤의 시대를 다룬 이혜령의 논문도 아주 흥미롭다. "기형도에 대한 나의 독서체험의 기록"이라 밝힌 이 글에서 이혜령은 1991년 5월의 투쟁과 그 실패의 마음을 기형도의 시와 접속시킨다(이혜령, 「기형도라는 페르소나」, 『상허학보』 56, 상허학회, 2019, 529쪽).

3 '이질적인 것들 간의 마주침'이라는 테마와 관련하여 한 가지 지적해둘 것은 지금/여기의 주류 연구자 세대에게 특히 강력한 지적 영향력을 행사했다고 판단되는 루이 알튀세르의 유고 「마주침의 유물론이라는 은밀한 흐름」이 1990년대 중반, 즉 1980년대 문학을 정리하는 시점에 발간되었다는 점이다. 이 유고는 1982년경에 작성된 것이지만, 실제로 활자화된 것은 1994년(『철학·정치 저작집』 1권에 수록됨)이며, 한국어로 번역된 것은 1995년이다. 번역의 시차를 통해서도 확인할 수 있는 사항이지만 당시 알튀세르에 대한 국내 인문사회학계의 관심은 매우 뜨거웠고, 지금/여기의 주류 연구자 세대는 그 영향 속에서 1980년대 문학을 판단·수용하였을 것이라 예상된다. 이에 대한 논의는 결론부에서 마저 정리하겠다. 루이 알튀세르의 「마주침의 유물론이라는 은밀한 흐름」의 출처와 자세한 해설은 앙드레 토젤, 진태원 역, 「알튀세르의 우발성의 유물론의 우발성들」, 진태원 편, 『알튀세르 효과』, 그린비, 2011 참조.

글들은 87년 체제를 전후한 한국문학의 변화를 어떠한 수준에서 얼마나 설득력 있게 정리하고 있는가.

이 질문에 대한 답 역시 한 논문을 통해 유추해볼 수 있다. 배하은은 영화 〈1987〉의 재현 방식에 대해 "그것을6월항쟁-인용자 주 '자신들의86세대-인용자 주 승리'로 전유하려는 주체의 헤게모니가 작동하고 있음을 간과할 수 없"다고 비판하면서 87항쟁의 한계를 '장차 올' 또 다른 혁명의 계기로 재해석해야 할 필요성을 제기한다.[4] 이 논문 역시 접속을 문제 삼는 것은 분명하다. 논문의 주요 테마가 4·19세대인 박태순과 6월항쟁의 접속이기 때문이다. 1987년 전후 한국문학을 논하는 현재의 연구자들이 공통적으로 취하고 있는 이러한 태도는 6월항쟁과 87년 체제의 한계에 대한 공통된 문제의식을 기반으로 한다. 그것은 1987년 전후의 항쟁이 '더 많은 민주주의'를 실현하는 데에 실패한, '잃어버린 꿈'이 되고 말았다는 좌절감이다.[5]

이러한 공통된 문제의식에도 불구하고 배하은의 논의에서 드러나는 목소리나 마음의 움직임은 앞에서 거론한 논자들과 전혀 다르다는 점이 중요하다. 항쟁에 대한 앞선 논자들의 태도가 '대상의 상실'에 대한 애도에 가깝다면 배하은의 논의에서 드러나는 것은

4 배하은, 「혁명의 주체와 역사 탈구축하기 – 박태순의 6월항쟁 소설화 방식에 관한 연구」, 『한국현대문학연구』 56, 한국현대문학회, 2018, 614쪽.

5 김예림, 앞의 글, 283쪽; 배하은, 앞의 글, 614~615쪽 참조.

'대상의 부재'로 인한 불쾌감에 가깝기 때문이다. 대상의 상실이든 부재든, 양자 모두 지향하는 그 대상이 '지금 여기에 없다'는 점에서 유사한 듯 보이나, 애초부터 없는 것과 있던 것을 잃는 것 사이에는 엄연한 차이가 있다. '대상'의 자리에 어떤 단어를 기입하든, 그 대상이 애초부터 없는 것, 즉 부재하는 것이라면 그 대상은 선형적 시간에 구속받지 않게 되기 때문이다.[6] 즉 대상은 애초부터 부재했기에 그 대상이 그때/거기에 혹은 지금/여기에 없다 하더라도 그것이 애도의 대상이 될 수는 없다는 뜻이다. 천정환, 김예림, 이혜령과 달리 배하은의 논의가 항쟁1987년 전후의 시간이 아니라 그 이전 혁명의 시간4·19으로부터 출발하고 있다는 사실은 1987년을 전후한 항쟁이 특정 세대 연구자에게는 더 이상 애도하거나 복원해야 할 고유한 역사적 사건이 아닐 수도 있음을 방증한다. 이러한 관점을 '항쟁의 객관화' 혹은 배하은의 표현대로 '역사 탈구축하기'라

6 '대상의 부재'와 '대상의 상실'이라는 표현은 홀로코스트를 집중적으로 연구한 포스트모더니즘 역사학자 도미니크 라카프라가 트라우마의 원인을 '초월적인 것(the transcendental)'과 '내재적인 것(immanent)'로 구분했던 방식에서 원용한 것이다. 라카프라는 홀로코스트라는 트라우마적 사건을 해석하는 데에 있어서 구체적인 역사적 사건(내재적인 것)으로서의 홀로코스트만이 아니라 '억압된 것의 회귀(초월적인 것)'라는 문제와도 관련지어 논의해야함을 강조한 바 있는데, 이때 트라우마는 대상의 상실(loss)과 부재(absence)에 따라 다른 양상을 드러내게 된다. 이에 대해서는 Dominick LaCapra, *Writing History, Writing Trauma*, Baltimore : the Johns Hopkins University Press, 2001, pp.84~85 참조.

고 부른다면, 이는 '대상의 부재'에 대한 승인에 다름 아니다.

항쟁에 대한 서로 다른 관점에도 불구하고, 또한 대상을 부재하는 것으로 보느냐, 상실된 것으로 보느냐의 차이와도 무관하게, 1987년 전후의 문학을 마주침의 서사로 재현하려는 욕망은 항쟁의 시간을 다루는 연구자들에게서 공통적으로 드러나는 태도이다. 이 글은 이질적인 것들 간의 마주침을 문제 삼는 이 논의들이 '마주침'을 신화화하고 있다는 의심으로부터 출발한다. 동시에 이 '마주침'의 정동을 근대소설의 오랜 문법, 즉 계급·사회적 갈등과 적대를 해소하기 위한 상징적 내러티브를 메타적인 층위에서 반복하려는 충동으로 보려 한다. 지금/여기에서 1987년 전후 한국문학을 연구하는 행위 자체가 일종의 서사적 재연 혹은 충동에 가깝다는 뜻이다.[7] 그러나 이 충동이 대상의 상실감에서 비롯되느냐, 대상의 부재감에서 비롯되느냐를 구분하는 것은 역시 중요하다. 같은 맥락에서 노동소설 역시 아주 중요한 역사적 장르임을 알 수 있는데, 천정환의 지적대로 "87년 체제의 산물인 그 노동

---

7 다시 한번 라카프라의 논의를 참고하자면, 강력한 집단적 리비도가 개입된 역사적 사건을 다룰 때, 연구자들은 연구 대상으로부터의 정서적 '전이(Übertragung)'를 경험한다. 라카프라는 연구자들이 연구를 진행하는 과정에서 연구 대상에 정서적으로 연루되며, 그 결과 자신의 담론이나 행위에서 그 대상의 문제를 투사하고 반복하게 된다고 설명한다. 이에 대해서는 도미니크 라카프라, 육영수 편역, 『치유의 역사학으로』, 푸른역사, 2008, 174쪽.

소설"은 항쟁으로부터 출현하고 항쟁에서 '상실된 것을 복원'하기 위한 '마주침의 신화', 그 원본에 해당하기 때문이다.

"6월항쟁과 6·29선언으로 교직 된" 87년 체제는 지배 권력의 타협책에 의해 항쟁 주체들의 혁명적 요구가 중화되는 과정이었다고 볼 수 있는데,[8] 항쟁 전위의 입장에서 보자면 이러한 상황은 혁명의 동력이 차단되는 위기에 다름 아니다. 1987년 7~9월 노동자대투쟁은 바로 그 위기를 타개하려는 항쟁 전위들에 의해 얼마간 고무되고 전유되었다 하겠다.[9] 이러한 인식은 1980년대 후반 한국 문학장의 변동에서도 분명하게 확인된다. 6월항쟁 이후 복간된 『창작과 비평』, 『실천문학』, 『문학과 사회』 등은 노동문학 특집을 기획, 앞다투어 신인 노동문학 작가들을 발굴하였으며, '노동'을 표제로 내세운 문예지들이 연달아 발간된 것도 1988년 이

---

8 조희연, 「'87년체제' '97년체제'와 민주개혁운동의 전환적 위기」, 『87년체제』, 창비, 2009, 76쪽.

9 이 점에 대해서는 물론 길고 복잡한 논의가 필요할 것이다. 87년 7월에서 9월까지 이어진 노동자대투쟁은 1980년대 내내 축적된 노동현장의 투쟁 에너지가 6월항쟁을 계기로 하여 마침내 폭발한 사건이라는 해석도 충분히 설득력을 갖는다(최영익, 「87년 6월과 7, 8, 9월의 변증법 그리고 오늘」, 『진보평론』, 2017 여름, 83~106쪽). 이와 함께, 6월항쟁 직후 "이 과제들(정치적 민주주의-인용자 주)을 달성하기 위해서는 노동계급의 전위 정당과 그것의 정치적 지도를 통해서만 달성될 수 있다는 생각을 담은 글을 쓰기 시작"한 조정환 같은 민족민중문학 계열의 전위들이 존재했다는 점도 동일한 비중으로 고려되어야 할 것이다(조정환, 「1987년 이후 문학의 진화와 삶문학으로의 길」, 『실천문학』, 2007 가을, 258쪽).

후부터였다. 이처럼 1980년대 후반 한국 문학장에서의 '노동문학 소설'은 6월항쟁의 '잃어버린 꿈'을 7~9월 노동자대투쟁의 전위성으로 회복하려는 '마주침의 동역학'에 강하게 긴박되어 있었던 것으로 보인다. 따라서 문제는 그 '마주침의 동역학'이 올바른 현실 인식에 기반하고 있지 못했다는 것이 아니다. 항쟁의 시간을 특권화하고, 그 사건에의 충실성을 유지하기 위해 노력하는 것은 오히려 항쟁 주체에게는 자연스러운 반응이라 하겠다.

그러나 '상실된 것'에 대한 강박적 애착은 '상실된 그것'이 애초에 부재했다는 회의를 낳게 마련이다. 그 회의는 '상실된 것', 그리고 그것에 대한 애착과 애도를 무능하고 무력한 것으로 만들 뿐만 아니라 '항쟁의 시간'을 오래된 현재로 사유하려는 공통된 문제 설정 방식에 적대적인 행동화로 되돌아올 가능성이 크다. 그런 의미에서 1980년대 후반 '그 노동소설'은 지금/여기에서 새롭게 독해될 필요가 있다. '그 노동소설'이 마주치게 하려 했던 것, 그 마주침을 통해 되찾으려 했던, 동시에 그렇기 때문에 '잃어버린 무엇'이라 상정될 수밖에 없었던, 그 대상을 복원해보는 것은 '마주침'을 둘러싼 지금/여기의 신화를 조금 더 냉철하게 판단하기 위한 시좌를 마련하는 일이기 때문이다.

이러한 작업을 위해 이 장에서는 공지영의 「동트는 새벽」, 방현석의 「내딛는 첫발은」, 김한수의 「성장」을 중심으로 논의를 전개하고자 한다. 이 세 작가는 모두 항쟁 직후인 1988년에 소설가로 데뷔했으며, 세 편의 소설은 모두 각 작가의 등단작이면서 '항쟁 이후의 노동소설'에 해당하는 작품들이다. 이하에서는 '노동소설'로 문단에 뛰어든 세 작가의 데뷔작을 중심으로 '그들이 항쟁 이후의 노동소설'에서 마주치고자 했던 것과 되찾으려 했던 것은 무엇이었는지 논의해보고자 한다.

2. '학출'과 노동자_ 고백하는 자의 몸과 마음

공지영의 「동트는 새벽」『창작과비평』, 1988 가을은 "춥고 긴 밤"에서 시작하여 "찬란한 새벽이 동터오"면서 끝나는 하루 동안의 이야기이다. 물론 그사이에 초점화자인 정화의 대학 시절과 공장 취업이 백스토리로 제시되어 있고, 정화와 순영이 구로구청 부정선거시위에 참가했다가 구금되는 과정이 "춥고 긴 밤"의 계기적 사건으로 재현되어 있긴 하지만, 이 모든 서술은 보호실에 갇힌 정화의 하룻밤 회상일 뿐이다. 작가는 작품의 초반부에서 정화가 경험하는 "춥고 긴 밤"을 경찰서 보호실의 사정을 통해 묘사하는데, 이 부분에서 특히 눈에 띄는 단어는 '콘택트렌즈'이다.

이 작품의 시간적 배경에 해당하는 1987년을 기준으로 할 때,

안경이나 콘택트렌즈는 교육과 문화적 수준이 높은 계층일수록 착용 비율이 높았으며, 특히 직업적으로는 대학생이 압도적으로 높은 비율을 차지했다. 한편 성별을 기준으로 할 때 안경 착용 비율은 남성이 높은 반면, 콘택트렌즈 착용 비율은 여성이 남성보다 무려 10배 더 높았다.[10] 종합해보면 콘택트렌즈는 교육, 문화 수준이 높은 여대생의 전형을 표현한 것이라 할 수 있겠다. 한편, 1980년대 중반 기업에 배포된 '위장취업자 색출 지침'에는 "안경을 쓰고 학생들이 잘 입는 복장을 한 근로자"를 위장취업자의 주요 특성으로 정리해두고 있다.[11]

"콘택트렌즈가 빽빽하게 굳어오는 느낌"은 보호실의 열악한 상황을 감각적으로 환기함과 동시에 정화의 이질적인 정체성을 짐작게 한다.「동트는 새벽」, 402쪽 작품의 초반부 보호실 장면에서 여대생 정화는 아주 이질적이고 주목받는 존재로 묘사되기 때문이다. 경찰서 주임은 여대생 정화에게 노골적인 관심을 드러내며, 어린 전경은 호감의 표시로 담배를 건네기도 한다. 이는 여대생 정화와 노동자 순영 간의 거리감을 극대화함으로써 "춥고 긴 밤"의 경험을 강화하기 위한, 동시에 '동트는 새벽'을 더욱 찬란하게 만들기

10 「안경 인구 25% 대학생은 46%가 착용」, 『동아일보』, 1987.10.20.

11 유경순, 『1980년대, 변혁의 시간 전환의 기록』 1, 봄날의박씨, 2015, 404쪽.

위한, 철저하게 계산된 서술이라 보는 것이 타당하겠다. 따라서 이 작품에서 가장 중요한 지점은 서로 다른 정체성을 지닌 두 사람의 진심이 마주치는 과정이다. 이를 확인하기 위해서는 먼저 정화의 백스토리를 살펴볼 필요가 있다.

"먹을 것 입을 것 어느 하나 부족할 것 없이" 자라난 평범한 대학 신입생 정화는 대학에 입학한 뒤 비로소 '광주'에서 일어난 일과 이 땅의 "진정한 역사"를 배우게 된다. 이 새로운 역사인식은 정화를 "조국을 위해 가장 열심히 일하는 사람들이 가장 버림받고 있는 곳, 그러므로 바른 사회가 온다면 당연히 역사의 주인이 될 이들이 있는 곳"인 공장으로 이끈다. "87년 가을, 용광로처럼 달아올랐던 여름의 투쟁들이 안으로 다져지기 시작했을 때 현장에 가려는 결심을 굳혔고"라는 서술에서 확인되듯 정화의 공장 취업은 87년 6월항쟁의 에너지를 노동자계급 투쟁으로 전환시켜야 한다는 지식인 전위들의 현실인식을 바탕으로 한다.「동트는 새벽」, 407쪽 그런데 실제로 대학생들의 노동 현장 투신은 1980년대 초반부터 이미 대중화된 현상이었으며, 1987년 가을까지 지속된 노동자대투쟁에서 '학출' 노동자들의 역할은 1980년대 초중반의 투쟁과 달리 미미한 수준이었다.[12] 이러한 사정을 감안할 때 6월항쟁 이후 '학

---

12 대부분의 노동운동사 연구에서는 노동자대투쟁이 '자연발생적'으로 일어났다고 파악

출'들의 노동현장 투신은 노동자들의 자발적 투쟁에 의해 고무·촉발된 부수적이고 사후적인 현상이라 할 수 있다.

실제로 작품 속에서 정화는 1980년대 초반 '학출'들의 의식화 작업을 연상할 만한 어떠한 활동도 하지 않는다. 단지 정화가 노동자로 취업하여 일상을 영위하는 과정을 묘사할 뿐이다. 순영에게 구로구청 부정선거시위 현장에 함께 가보자고 권유하지만 이는 우발적인 사건처럼 취급되는데, 정화가 순영과 시위 현장에 동행한 것을 후회하는 모습에서 이 점을 확인할 수 있다. 「동트는 새벽」의 저자가 진짜 공들여 서술하는 문제는 '학출'과 노동자가 진정한 친구가 될 수 있는지 여부이다. 작품 초반부에서 정화의 이질적인 정체성을 공들여 부조한 것도 이 때문이다. 정화는 자신의 이름과 신분을 숨긴 채 공장에 취직했고, 순영에게도 이 사실을 알리지 않았다. 구로구청 부정선거시위 현장에서 체포되어 자신의 실명과 신분이 탄로 나는 상황에 이르면서 정화는 순영이 느낄 배신감 때문에 괴로워한다. 순영에게 자신의 이름과 정체를 숨겼다는 죄책감과 함께 어린 노동자 순영에 대한 자신의 인식 역시 정화를 괴롭힌다. '학출' 노동자 정화는 시위에 "어린애처럼 열중"하고「동트는 새벽」, 412쪽, 자술서에 "이 부정선거와 끝까지 싸울 거라고"

한다. 이에 대해서는 유경순, 앞의 책, 361쪽 참조.

쓴「동트는 새벽」, 421쪽, 그러나 보호실에서는 자신을 회사원이라 소개하는 어린 노동자 순영을 바라보며 초조함과 당혹감을 느낄 뿐만 아니라, 순영을 어리석고 수동적인 존재로만 바라보던 자신의 왜곡된 시각 또한 아울러 확인한다. 이 깨달음은 다시 자신의 이름과 신분을 속인 것에 대한 죄책감으로 이어지면서 순영에 대한 태도의 변화를 유발한다.

스토리 시간상 가장 깊은 밤이자 정화와 순영의 거리감이 가장 극대화되는 이 지점부터 정화와 순영, '학출'과 '노동자'의 진정한 마주침이 시작된다. 정화는 "오월의 의미도 유월과 칠팔월의 피투성이 항거도 모르는 듯, 주는 대로 먹고 시키는 대로 일만 하는 듯 보이던 아이들"이 경찰서 취조실에서 "나는 이 부정선거와 끝까지 싸우겠다!"라고 외치는 것을 보며 순영과 "노동자들의 건강한 힘"이 아니라 "머릿속의 얄팍한 관념"만을 믿었던 스스로를 반성한다.「동트는 새벽」, 422~423쪽 머릿속 관념의 허위성을 자각한 뒤, 정화는 노동자에 대한 '학출'의 왜곡된 관념을 버리고 인간 대 인간으로 순영을 대하게 된다.

"……나 실은 대학에 다닌 적이 있어…… 이름도 이정화구, 나이는 스물네 살이야…… 거짓말하고 싶지 않았지만 어쩔 수가 없었어. 하지만 영영 속이려고 한 건 아니야…… 언젠가 우리가 서로를 더 많이 이해하게 되면…… 그때 다 털어놓으려고 했는데……."

순영이 천천히 고개를 들었다. 정화는 덜덜 떨려오는 이를 악물었다.「동트는 새벽」, 424쪽

대학생 정화와 노동자 순영의 마주침을 방해한 것은 정화의 거짓말이다. 대학생에서 노동자로의 '존재이전'을 도모했던 '학출'들에게 거짓말은 숙명과도 같은 것이었다. 정화는 공장에 취직하기 위해, 즉 고용주를 속이기 위해 자신의 이름과 신분을 숨겼던 것이지만 그 거짓말은 결과적으로 자신이 연대하고자 했던 노동자들과의 심리적 거리감을 유발시킨다. 학출 노동자의 거짓말이 일반 노동자와의 관계에 많은 영향을 끼쳤다는 것은 주지의 사실이다. 유경순의 조사에 따르면, 학출 노동자들과 자주 교류했던 일부 '선진 노동자'들과 달리, 순영과 같은 일반 노동자들은 자신과 친분이 있던 동료가 '학출'임을 알게 될 때 인간적인 배신감을 느끼는 경우가 많았다.[13] 이 배신감은 학출 노동자들의 진심을 머리로 이해하는 것과는 다른 문제이다. 특히 학출 노동자 스스로 자신의 신분을 밝힌 것이 아니라 타의에 의해 그 사실이 밝혀질 때 배신감은 훨씬 더 커진다. 정화의 경우, 스스로 고백하기 전에 경찰 조사에 의해 이름과 신분이 밝혀진 상

13 유경순, 앞의 책, 405~416쪽.

황이었다. 따라서 정화의 고백은 기실 이미 확인된 사항을 자신의 입으로 다시 전달하는 것에 불과하다.

그럼에도 불구하고 정화의 고백은 순영에게 태도의 변화를 유발한다. "덜덜 떨려오는 이를 악물"고 힘겹게 말을 이어가는 정화의 고백에 순영은 "처음엔 좀 화가 났었지만…… 니가 좀 다르다는 건 알고 있었"으며, 단지 "니가 자꾸 날 피하구…… 어색해서 어떻게 해야 할지 몰랐"을 뿐 "니가 좋은 사람이라고 생각"한다고 답한다.「동트는 새벽」, 424쪽 정화가 순영을 속였고, 그 사실이 경찰 조사에 의해 밝혀진 상황이라는 점을 감안할 때 이러한 순영의 반응은 예상과는 다르다. 즉 순영의 배신감을 정화한 것은 말이 아니라 표정과 몸짓, 행동인 셈이다. 자신의 거짓말을 힘겹게 고백하는 학출 노동자의 표정과 몸짓, 행동이 이 마주침을 유발한다. 학출 노동자 정화는 자신의 신분과 정체성에서 비롯되는 지식과 이념의 평행선을 기울여 노동자의 마음과 마주친다. 이 기울어짐은 자신을 속인 정화에게 "좋은 사람"이라고 말하는 순영의 마음에서 일어나는 일이기도 하다.

공지영은 6월항쟁과 7~9월의 노동자대투쟁의 마주침을 '학출'과 노동자의 관계를 통해 재현한다. 이 마주침은 '학출' 노동자의 힘겨운 고백을 통해 실현된다. 물론 그 고백의 내용은 '학출' 노동자의 진짜 이름과 신분이 아니다. 자신의 거짓말을 고백할 때

발생하는 신체적 변용이 이 고백의 진짜 내용이다. 고백과 고백의 수용을 통해 실현되는 학출과 일반 노동자의 마주침은 '동지가'를 합창하는 장면을 통해 정서적 일체감을 증폭시키는 방식으로 마무리된다. 그러나 이 정서적 일체감은 학출 노동자가 자신의 지적 우위를 버리고 진짜 노동자가 될 때에야 비로소 공통의 목표를 향한 지속적인 투쟁으로 전화될 수 있을 것이다. 요컨대 「동트는 새벽」에서 재현된 학출과 일반 노동자 간의 정서적 일체감이란 일시적이고 우발적이기에 두 계급의 마주침 또한 수월하게 하나의 사회적 세력으로 융합될 수 있다고 낙관할 수는 없다는 뜻이다.

3. 노동자들 사이_ 생존과 투쟁의 갈림길에서

공지영의 「동트는 새벽」이 콘택트렌즈의 이질감에서 감각되는 '보호실의 춥고 긴 밤'으로부터 시작했다면, 방현석의 「내딛는 첫 발은」『실천문학』, 1988 봄은 강범의 노래와 기계소리, 마이클 잭슨의 팝송 등 '아침 작업장의 불협화음'으로부터 서사를 개시한다.[14] 규칙

14 작업장에 울려 퍼지는 팝송은 방현석의 소설에서만 발견되는 것이 아니다. 비슷한 시기 발표된 정도상의 「새벽기차」(『실천문학』, 1988 여름)에는 마돈나의 노래가 작업장의 배경음악으로 깔린다. 마이클 잭슨과 마돈나의 노래는 힘든 육체노동에 시달리는

적인 기계소리와 마이클 잭슨에 묻혀버린 강범의 노래는 이 소설 속 노동자들이 처한 절망적인 상황을 암시한다. 강범이 속한 작업장은 "지난여름" 열흘간의 파업 농성 끝에 노동조합 설립에 성공하였지만, 사측의 압력이 거세지면서 "조합원보다 비조합원이 더 많아"지는 등, "벼랑 끝으로 밀리고 있는 중이었다".「내딛는 첫발은」, 121쪽 「내딛는 첫발은」의 초반부에서 제시되는 '아침 작업장'은 노조의 '절망적인 상황'을 타개하기 위해 농성을 계획한 날의 풍경이다.

'노동조합' 설립은 1980년대 내내 작업장 투쟁의 핵심적인 목표였고, 이는 1980년대 노동소설의 대표작으로 꼽히는 안재성의 『파업』이나 방현석의 「새벽출정」 등이 '노동조합'을 설립하거나 사측의 '노조' 탄압에 저항하는 이야기로 구성되어 있다는 점에서도 재차 확인되는 사항이다. 물론 장수익의 지적대로 1980년대 후반 노동소설에서 제시되는 '노조 설립 및 수호'의 서사는 조합주의적 한계를 노정한다는 점에서 당대 전위적 지도비평의 이념노동해방에는 미달했다고 볼 수 있다.[15] 그러나 반대로 보자면, 조합주의적 한계

공장 노동자들의 피로를 경감시켜주고 작업장의 분위기를 활기차게 만드는 역할을 했으리라 미루어 짐작된다. 물론 이 두 소설에서 '팝송'은 노동자들 간의 대화를 차단하고(「내딛는 첫발은」), 고된 노동 현장과 대조되는 대중문화의 경박함과 사측의 착취(「새벽기차」)를 상기시킨다.

15 장수익, 「1980~90년대 노동소설 연구」, 『한국문학논총』 75, 한국문학회, 2017, 15쪽.

에 대한 비판은 당대의 전위적 지도비평이 노동 현실로부터 얼마나 유리되어 있었는지 보여주는 증거이기도 하겠다.[16] 앞에서 언급한 '전형적인 1980년대 노동소설'은 당대 비평과 후대의 연구에 의해 이념적 한계와 극단적인 선악 구도를 노정한다고 거듭 비판되었는데, 이러한 비판 자체가 1980년대 노동소설에 대한 편견을 재생산하였다는 지적도 새겨들을 필요가 있어 보인다.[17]

'노동조합 설립과 수호'가 1980년대 노동소설의 근간을 이룬다는 사실에 지나치게 주목할 때, 환언하자면 1980년대 노동소설의 문법을 일종의 클리셰로 다루는 순간, 각각의 작품이 갖는 고유한 가치는 사상되고 만다. 「내딛는 첫발은」의 서사 역시 마찬가지다. 노동조합 설립과 이를 분쇄하려는 사측의 폭력, 그리고 이에 저항하여 처절한 투쟁을 개시하는 「내딛는 첫발은」의 서사가 '1980년대 후반 노동소설'의 문법을 반복한다고 인식하게 되면 다른 해석의 가능성은 사전에 차단될 수밖에 없다. 무엇보다 이러한 편견은

16 김원은 신병현의 글을 간접 인용하여 "1987년 노동자대투쟁 이후 광범위하게 탄생했던 민주노조의 고유성은, 당시 민주노조운동이 국가/자본으로 단일화됨을 거부하며 고유한 장소와 노동자 범주로서 회사공동체, 민족공동체, 국가주의 등과 대립하며 인간다운 삶, 평등사회, 어용노조와 구분되는 조직을 결성했다는 맥락에서 이해"되어야 함을 강조한 바 있다(김원, 「민주노조운동의 지연 – 1987년, 1998년, 그리고 또 20년」, 『문화과학』, 2018 여름, 66~67쪽).

17 천정환, 앞의 글, 139~140쪽.

1980년대 노동소설이 마주치고자 했던 것, 그리고 상실해서는 안 된다고 여겼던 그 '대상'을 사유하는 데에 방해가 된다는 점에서 특히 피해야 할 접근 방식이다. 분명 「내딛는 첫발은」에는 노동조합 수호가 가장 중요한 가치로 제시되고 있고, 노동자와 사측이 절대적인 선악 구도로 재현되고 있지만, 소설의 초점을 대결이 아니라 마주침으로 조금만 옮겨 놓으면 다른 해석도 가능해 보인다.

이미 여러 연구에서 지적된 사항이지만 수많은 노동소설에서의 진정한 전선은 노동자와 사측 사이가 아니라 노동자들 사이에 그어진다. 「내딛는 첫발은」 역시 사정은 다르지 않다. 작가는 노동조합 수호를 위한 농성이 시작되는 장면을 다음과 같이 묘사한다.

> 몇 군데서 기다렸다는 듯이 식판을 뒤집어엎었다. 규성 등이 머리띠를 나눠준다. 예상은 했지만 선뜻 머리띠를 두르는 사람은 몇 안 되었다. 엉거주춤 받아들고 눈치를 살피는 사람이 대부분이다. 강범은 초조하게 머리띠 두른 사람을 어림잡아 본다. 40명을 넘지 않았다.
>
> 구사대는 앞마당에 모이고 있었다. 문을 지켜 선 정우가 다급하게 손짓을 했다. (…중략…) 정우와 민웅이 번갈아 외쳤다. 그러나 여전히 따라 하는 목소리는 몇 되지 않았다. 대부분이 입 모양만 흉내 냈다. 강범의 얼굴은 절망적으로 일그러졌다. 그는 끝내 자신의 감정을 누르지 못했다.

"도대체 누구 때문에 싸우는 거야. 누구 때문에 감방에 가고 무엇 때문에 해고당했어. 나만 몸 사려서 잘 보이겠다는 거야 뭐야"

말리는 정형의 손을 뿌리쳤다.

"우리들만 죽어라 이거지. 그래 우리들이 어떻게 싸우나 똑똑히 지켜봐. 빠질 새끼들은 다 빠져"「내딛는 첫발은」, 131쪽

강범과 용호, 정형 등은 점심시간이 끝나는 시간에 맞추어 계획했던 농성을 시작한다. 그러나 농성에 적극적으로 참여하는 인원은 소수에 불과했고, 노동자들 사이에는 서로 간의 이해관계로 인한 거리감이 형성된다. 이 갈등을 가장 극적으로 보여주는 인물은 정식이다. 「내딛는 첫발은」의 핵심적인 갈등은 정식의 마음에서 일어난다. 노동조합 설립 과정을 다룬 연극에서 "니들도 다 알다시피 난 우리 식구 생활을 책임져야 돼. 당장 한 달이라도 놀았다가는 (…중략…) 난 아무것도 못 봤다. 난 아무것도 못 들었다고 말야. 난 그저 기계하고 제품밖에는 못 봤다고 말야"라고 울부짖던 정식의 대사는 "연기가 아니"라 정식이 처한 현실 자체였다.「내딛는 첫발은」, 119쪽 연극의 대사처럼 "허리를 다쳐 몸을 못 쓰는 아버지"와 "가난에 찌든 어머니"를 위해 "희망도 분노도 없이" 일했던 정식은 노동조합 설립을 위한 투쟁을 통해 "끝없는 가난과 절망을 강요하는 것이 누구"이며, "누구와 손잡고 누구에게 대항하여 싸워야 하

는지 알게" 된다. 그러나 노동조합 설립 농성에 참여했다는 이유로 "석 달 가까이 잔업 한 시간 달아보지 못했"고, 그 결과는 예전의 절반밖에 되지 않는 월급이었다.「내딛는 첫발은」, 134쪽 정식의 월급이 줄어들면서 집안 형편은 점점 어려워져 갔고, 이러한 상황은 노조 수호 농성에 참여하기로 한 정식의 마음을 뒤흔든다. 결국 정식은 노동조합 수호를 위한 농성에서 사용할 공구를 사고도 현장에 나타나지 않는다. 그러나 동료들이 구사대에 의해 공장 옥상에서 폭력적으로 끌려 나오고, 구사대를 말리는 여공들의 눈물을 보면서 정식의 마음은 다시 연대를 향해 움직인다. 정식은 공장장의 폭력에 분노를 터뜨리며 동료들을 구하기 위해 기계, 즉 작업장을 가득 채우던 노동의 '규율음'을 정지시키고 투쟁의 현장에 뛰어든다. 정식의 행동은 농성에 참여하지 않았던 다른 많은 노동자의 마음을 움직였고, 모든 노동자가 하나가 되어 사측과 싸우는 것으로 「내딛는 첫발은」의 서사는 종결된다.

이처럼 이 작품에서 특별히 주의를 기울여 관찰해야 하는 것은 노동자들의 연대를 어렵게 하는 조건과 정식이 그 심리적 장애물을 극복하고 투쟁에 동참할 수 있게 되는 이유이다. 1980년대 공장은 가계 소득의 핵심적인 원천이었고, 젊은 노동자 가장들은 가족들의 생계를 위해 노동자가 되는 길을 선택한 경우가 많았다. 정식이 처한 상황은 단지 한 개인의 문제가 아니라 생존과 연대

사이에서 노동과 투쟁을 실천해야 하는 모든 노동자가 보편적으로 겪고 있던 내적 갈등이었다.[18] 몸을 다친 아버지와 가난에 찌든 어머니, 그리고 공부를 하고 싶어 하는 형제자매들, 이러한 가족의 형상은 1980년대 노동소설에서 반복적으로 드러나는 갈등의 핵심적인 양상이다. 그리고 이 갈등이야말로 1980년대 한국 노동소설의 장르적 고유성이 노동자와 자본국가의 대립이 아니라 노동자들 내부의 '마주침'을 통해 개시되는 것임을 분명하게 드러낸다. 각각의 노동자들이 처한 각각 다른 상황은 노동자들 간의 마주침을 불가능하게 한다. 이 평행선을 기울이는 것은 구사대에게 개처럼 끌려 나오는 노동자들의 상처 입은 몸과 눈물, 고통이다.

배신한 노동자의 찢어진 마음과 연대를 차단당한 노동자들의 상처 입은 육체는 역사적인 모든 소설 장르가 그러했던 것처럼 고

18 한 사회학자는 1980년대 후반 노동현장을 조사한 르포 형식의 글에서 다음과 같은 노동자의 목소리를 담는다. "나이 든 동료들은 우리와는 달라요. 회사의 눈치만 보고, 노조에 관심 없고 그저 월급만 많이 받으면 만족하거든요. 그들은 생계를 꾸려야 할 가족이 있으니까(#16, 중기업기계공, 서울)." 이 글에 적힌 대로 당시의 관점에서 볼 때 "혁명론자들의 주장과는 달리 <노동해방>과 <계급투쟁>의 기치는 여전히 떠" 있었고, "민주노조의 가치는 확산되고 있으나 전국으로 흩어져 단단한 조직의 연계도, 구심점도, 다양한 생각들을 다듬어 줄 이론가도 무엇도 아직은 요원한 것"이 1980년대 후반 노동운동의 현실이었다(송호근, 「무적의 국가, 무적의 부르조아-노동계급을 위한 독백」, 『사회비평』 3, 나남, 1989, 63쪽).

통을 기반으로 한 새로운 '도덕 공동체'를 탄생시킨다.[19] 그러나 이 고통의 연대는 '정의'를 둘러싼 공통의 인식이 없었다면 실현될 수 없었을 것이다. 구사대의 압도적인 불의-폭력이 없다면 '고통의 연대' 또한 없다. 노동자들은 언제나 '정의'를 둘러싼 공통의 인식에 의해서만 연대할 수 있다. 물론 이 압도적인 파토스는 근대소설의 플롯문법이 권위를 가질 때까지만 유효하다.[20] 아울러 노동자들의 연대에 가족이 개입되는 양상은 1980년대 한국에서의 노동문제가 자본주의 세계체제라는 보편적이고 역사적인 층위에서만 사유되었던 것이 아님을 암시한다. 이는 「동트는 새벽」의 중산층 대학생 정화가 겪었던 문제이기도 했으며, 다음 절에서 분석할 「성장」의 창진에게도 예외가 아니었다. 당연한 말이지만. 고립된 노동자들, 단수로서의 노동자는 투쟁과 연대가 시도될 때에야 비로소 식별 가능해진다는 점도 지적해 두는 것이 좋겠다.

---

19 데이비드 B. 모리스, 「고통에 대하여 – 목소리, 장르, 그리고 도덕 공동체」, 아서 클라인만 외, 안종설 역, 『사회적 고통』, 그린비, 2002, 243쪽.

20 이혜령은 "프롤레타리아트는 근대사회의 이원성 적대성의 가장 심각한 체현자이자 그 이원성을 다시 원환적인 세계로 만드는 존재"였다고 쓴 바 있는데, 그런 의미에서만, 즉 근대소설의 '역사유물론적 비전' 아래에서만 "프롤레타리아는 근대의 서사시의 최후의 주인공"일 수 있었다(이혜령, 「노동하지 않는 노동자의 초상 – 1980년대 노동문학론 소고」, 『동방학지』 175, 연세대 국학연구원, 2016, 298쪽).

4. 세대_ 결여된 삼대 구조와 새로운 세대의 탄생

앞 장의 말미에서 살펴본 것처럼 1980년대 노동소설에서 가족은 주요 인물의 노동자-되기를 강제하는 원인적 요소이면서, 동시에 노동자의 연대와 투쟁을 방해하는 장애물로 나타나는 경우가 잦았다. 「동트는 새벽」의 정화처럼 자의에 의해 중산층 대학생 신분에서 노동자로 '존재이전'을 꾀한 '학출' 노동자도 있었지만, 대부분의 인물은 가족의 생계를 책임지기 위해 학업을 포기하고 공장 노동자가 되는 길을 선택했던 것이다.

「성장」의 창진 역시 그러한 경우에 해당한다. 김한수의 「성장」『창작과비평』, 1988 겨울은 '아버지와 아들'이라는 부제와 각 장의 소제목인 "1. 아! 세상이여 가난이여", "2. 운명", "3. 원죄" 등에서 확인되듯, 가난 때문에 불운한 삶을 살 수밖에 없었던 아버지와, 그 아버지의 운명을 물려받아 일찍부터 학업을 포기하고 노동자의 길을 걸어야 했던 아들 창진의 이야기이다. '전형적인 노동소설'이라는 관점을 고려한다면 이 소설에서 가장 중요한 부분은 수동적인 노동자였던 창진이 몇 가지 사건을 계기로 자연발생적 계급의식을 갖게 되는 작품의 후반부라고 할 수 있겠다.

그러나 「성장」의 고유한 서사적 특질은 창진이 '자연발생적 계급의식'에 이르도록 안내하는 '전형적 노동소설'의 관념적 규범이 아니라 '삼대'라는 (한국)근대소설의 유구한 구성적 인식 틀이 '중편'이라는 제한적인 규모로 제시되고 있다는 점에서 비롯된다. 투쟁의 결정적인 국면을 포커싱한 다른 노동소설과 달리 「성장」은 '창진'이 '왜' 노동자가 될 수밖에 없었는지, 그리고 '왜' 투쟁과 연대를 생각하게 되었는지를 집요하게 추적하는데, 이는 '삼대'라는 구성 방식이 이 소설에 필요했던 이유를 짐작게 한다. 요컨대 '삼대'는 창진이 노동자가 된 '연유'와 노동자의 자연발생적 계급의식의 '원천'을 추적하기 위해 도입된, 「성장」의 고유한 구성적 질서라 하겠다.

'아버지와 아들'이라는 부제에서 확인되듯 이 소설은 아버지와 아들 창진의 이야기를 중심으로 진행된다. 그럼에도 불구하고 이 소설은 '삼대'라는 구성적 인식 틀에 강하게 긴박되어 있다고 보는 것이 더 정확하다. 이 소설의 후반부 초점자인 창진은 아버지의 불운한 삶[21]이 조부의 정체성과 그 한계를 제대로 극복하지 못한 데에서 비롯되었다고 파악하기 때문이다.

21 창진의 아버지는 전화기 고치는 일을 하다가 도둑으로 몰려 경찰에게 폭행을 당하고, 단속반에 의해 하루치 품삯을 빼앗긴 아내의 억울함을 항의하러 갔다가 열흘간의 순화교육을 받은 뒤 정신착란을 일으키고, 하는 일은 족족 망하거나 배신당하는 등 엄청난 불행을 겪는다.

아니, 인간이 만든 사회다. 인간에게도 문제가 있다.

—네 아버지는 죄라곤 짓지 않고 사셨다.

어머니는 언제나 그렇게 말씀하시곤 했다. 그는 그걸 믿었다. 아버지에게 있어 죄라곤 가난 외엔 없었다. 그러나 아니었다. 아버지에겐 원죄가 있었다.

아버진 언제나 총살당한 할아버지를 생각하고 빨갱이를 증오했다. 그래서 어디서 누가 데모를 한다 하면 개탄하며 손가락질을 했다. 할아버지를 총살시킨 빨갱이는 그 마을 사람들이었다. 그 마을 사람들이 굶주릴 때 할아버진 굶주리지 않았다. 할아버지가 창고에 쌓아둔 쌀은 그 마을 사람들이 생산해낸 것이었다. 농사를 지은 사람은 굶고 짓지 않은 사람들이 배를 두드렸다. 아버지는 할아버지가 총살당한 것만 생각했지 왜 총살당했는지는 한 번도 생각하지 않았다. 그것은 아버지의 첫 번째 원죄다.「성장」, 264쪽

작품 후반부에서 창진은 아버지의 불행한 운명의 원인을 세 가지로 파악한다. 그 중 첫 번째가 위에서 인용한 내용이다. 창진의 조부는 인색한 지주였고, 그로 인해 '빨갱이'들에게 총살당한다. 즉 창진은 아버지의 가난이 조부의 불행한 죽음을 충분히 성찰하지 않았기 때문이라 파악하고 있는 셈이다. 아버지가 조부의 죽음을 제대로 성찰했다면 아버지는 자신의 가난을 탓할 게 아니라 가

난의 구조적 원인을 파악하는 방향으로 나아갔을 것이고, 만약 그랬다면 자신의 불운한 삶을 운명의 탓으로 돌리지도 않았을 것이라는 판단이다. 창진은 아버지의 가난한 삶이 조부를 죽인 '빨갱이'들의 현실과 동일한 구조적 원인에 기반하고 있다는 인식, 즉 아버지에게 혈연에 고착된 사고가 아니라 계급적 관점으로의 전환이 필요했다는 인식에 도달한 것이다.

지금까지 논의한 내용을 거칠게 요약할 때, 「성장」은 인색한 지주였던 조부와 조부의 불행한 죽음을 제대로 성찰하지 못한 채 자신의 가난을 운명의 탓으로 돌렸던 아버지, 그리고 그 조부와 아버지의 운명으로부터 벗어나려는 아들, 삼대의 이야기라 할 수 있겠다. 이제 '삼대'의 이야기가 중편 규모로 재현됨으로써 나타나는 이 소설의 고유한 문제의식에 대해 논의할 차례다. 균형 잡힌 '삼대' 구성과 달리 「성장」은 '아버지'와 '아들'의 차이를 보여주는 데에 집중하고 있으며, 조부의 이야기는 아버지의 현실순응적 태도를 비판하는 자리에서만 부분적으로 언급된다. 즉 이 소설은 아버지와 아들의 분리를 큰 틀로 삼되, 조부의 삶은 아버지의 현실순응적 태도의 원인으로 압축·제시되고 있다 하겠다. 따라서 아버지와 아들의 분리를 문제 삼는 이 소설의 문제의식을 1980년대 노동소설의 발생적 원인과 관련지어 논의하는 과정이 필요하다.

그런데 아버지에 대한 창진의 강한 거부감은 정서적으로 보았을 때 다소 과도한 측면이 있다. 아버지의 체험을 고려한다면 아버지의 '빨갱이'에 대한 부정적 인식은 어쩌면 당연한 것일 수도 있기 때문이다. 그리고 조금만 시야를 넓혀 보면 이 부정적 정서가 특정 세대의 체험을 통해 그들의 몸과 마음에 새겨진 집합적 정동이라는 점도 아울러 이해할 수 있을 것이다.[22] 그럼에도 불구하고 아들 창진은 아버지를 강하게 부정한다. 아버지를 부정함으로써 아버지 세대가 공유했던 집합적 정동(이자 이데올로기) 또한 거부한다. 조부와 아버지의 삶을 성찰함으로써 도달한 창진의 계급적 관점은 물론 개인적이고 자연발생적인 성격을 노정하는 것이겠지만, 그것이 '계급'이라는 사회구성체의 일 요소로 환원되는 이상, 단순히 개인적 차원의 문제로만 치부할 수는 없게 된다. 요컨대 「성장」은 창진을 통해 아버지 세대산업화세대의 체험적·집합적 정동과 그로부터 발아한 반공이데올로기 모두와 단절하기 위한 방법으로 '계급적' 정체성을 도입하고 있는 셈이다.

이 새로운 세대의 정체성은 조부의 불행한 죽음을 계급적 관점

22 물론 '빨갱이'에 대한 부정적 정서는 국가 차원의 '반공이데올로기'를 통해 강화되었으며, 종국에는 본능적 혐오로 발전하게 된다는 점에서 비판되어야 하는 것임에 분명하다. '혐오'는 유대인, 동성애자, 불가촉천민 등에게 가해진 폭력의 역사에서 확인되는 것처럼 인간의 존재 자체에 대한 부정이기 때문이다(마사 너스바움, 조계원 역, 『혐오와 수치심』, 민음사, 2015, 200쪽). 다만 여기에서는 '빨갱이'에 대한 부정적 정서를 창진의 아버지가 겪었던 충격적인 사건의 트라우마와 그 결과 정도로 이해하면 되겠다.

으로 파악하지 못한 아버지의 한계를 극복함으로써 형성되는 것이자 현실의 부당한 조건에 저항하지 않고 끝없이 인내했던, 그리고 창진에게도 그 인내를 요구했던 어머니의 삶의 태도에 대한 부정으로 현상하는 것이기도 했다. 기만적인 사장의 태도에 분노하여 우발적으로 사장을 폭행했다가 유치장에 감금된 창진에게 어머니는 "이 어리석은 놈아, 이 천치 같은 놈아…… 왜 참질 못해. 네놈이 뭐간디…… 누군들 설움이 없고 분함이 없어 참고 살더냐……"라고 말한다.「성장」, 261쪽 창진은 "권리는 없고 의무만 강요하는 사회. 어머니 그런데도 참기만 하면 된다고요? 할머니도 그 말씀을 하셨고 할머니의 어머니, 그 어머니의 할머니도 그런 얘길 했었겠죠. 그러나 없잖아요. 나아진 게 없잖아요"라고 되물으며「성장」, 263쪽, 창진의 동생 윤미는 "오빠, 부자들은 다 때려죽여야 해"라고 분노한다.263쪽 이처럼 작품의 후반부에서, 부당한 현실을 운명의 탓으로 돌렸던 아버지와 그것에 순응했던 어머니의 태도는 새로운 세대의 정의에 대한 감각과 선명하게 병치·대조된다.

이 병치·대조가 가장 잘 드러나는 것은 유치장에서 풀려난 창진과 그 가족들이 광명시 하안동에서 이사를 떠나는 장면이다. 창진이 아버지의 원죄를 세 가지로 정리하는 것도, 노동자들의 연대와 투쟁을 떠올리는 것도 모두 바로 이 철거된 집터를 떠나는 장면에서 제시된다. 이삿짐을 실은 트럭이 마을을 빠져나올 때 창진은 "저만치 공터에서 주민들이 모여서 몸부림을 치는 것"을 본다.「성장」, 263쪽 마을 사람들은 가슴에 팻말을 단 허수아비를 태우면서 무언가를 외치고 있다. '경기도 광명시 하안지구 개발계획'에 반대하여 마지막까지 이주를 거부한 채 싸우고 있는 그들을 보면서 창진은 가난한 자들과 부자들의 전선을, 그리고 아버지의 원죄를 떠올린다. 첫 번째 원죄에 대해서는 앞에서 논의한 바 있거니와, 아버지의 두 번째 원죄는 자신에게 주어진 불공평한 현실을 예의 그 운명의 탓으로 돌렸다는 점이었다. 마지막으로 세 번째 원죄를 정리하는 장면은 다음과 같이 묘사된다.

> 인간이 만든 사회니 인간의 손으로 얼마든지 이 사회는 바뀔 수 있다. 아버진 그걸 믿지 않았다. 그래서 아버지는 당신이 살았던 잘못된 사회를 그 아들에게 그대로 물려주었다. 그것이 아버지의 세 번째 원죄였다.
>
> 허수아비가 시커먼 재를 토하는 개천 너머에는 구로공단의 거대한 기계소리가 웅웅기리며 울려 퍼지고 있었다. 창진은 갑자기 달리는 트럭 위에서 벌떡 몸을 일으켜 소리쳤다.
>
> "세워요. 차를 세워요."「성장」, 265쪽

창진이 머릿속으로 아버지의 원죄를 정리하는 장면은 이사 트력 위에서 목격한 마을 사람들의 투쟁과 병치된다. 그리고 허수아비를 태우고 있는 마을 사람들의 모습은 다시 "안양천 건너 구로공단의 거대한 기계소리"와 병치 됨으로써 '빼앗긴 자들과 일하는 자'들의 연대와 투쟁에 대한 창진의 깨달음에 서사적 정당성을 부여한다. 아버지는 인간이 만든 사회가 "인간의 손으로 얼마든지" 바뀔 수 있다는 것을 믿지 않았고, "당신이 살았던 잘못된 사회를 그 아들에게 그대로 물려주었"던 반면 창진은 소설의 마지막 장면에 이르러 가난한 자들과 노동하는 자들의 연대와 투쟁을 통해 그 사회를 바꿀 수 있다는 새로운 관점을 획득한다. 결국 창진은 이 새로운 관점을 통해 아버지 세대와의 결정적인 단절을 꾀하는 것으로 보인다.

이 단절을 어떻게 파악하느냐가 1980년대에 등장한 새로운 세대를 이해하는 데에 아주 중요한데, 이 단절에는 '정의'라는 전혀 새로운 관념이 개입되어 있기 때문이다. 이 새로운 세대는 그 전 세대를 지배했던 보편적인 정동을 '생존'과 '보존'을 위한 체념과 인내로 규정하고 있으며, 그 전 세대가 '생존'과 '보존'을 위해 제쳐두었다고 판단하는 새로운 가치인 '정의로움'에 대한 예민한 감수성을 자신들의 집단적 정동으로 재현한다.[23] 창진이 반복하는

23　한국의 근대를 생존주의 근대성으로 정의한 김홍중은 노무현의 대통령 후보 수락연설

'잘못된', '불공평', '불평등' 등의 단어들은 이들이 '가난' 자체보다 가난의 원인에 더 민감한 세대임을 분명하게 표시한다. 새로운 세대인 창진과 동생 윤미의 발화에서 확인되는 '가난한 자'와 '가진 자' 간의 명백한 전선은 인색한 지주였던 조부, 그리고 그 조부가 자신의 부富를 정당화하는 데에 동원했음 직한 주인과 노예의 불평등한 관계 및 관념에 어떠한 의문도 제기하지 않았던 아버지를 상대로 그어진다. 「성장」의 불안정한 '삼대' 구조를 고려한다면 이 새로운 세대가 단절하고자 하는 상대는 물론 조부라기보다는 그 조부의 (문)법을 노예처럼 반복하는 아버지 세대다.

대선이 끝난 직후인 1987년 겨울을 시간적 배경으로 한 작품의 후반부에서, 광명시 하안지구 재개발계획이 핵심적인 갈등으로 제시되는 것 역시 새로운 세대와 아버지 세대의 단절이라는 이 소설의 테마를 고려해야만 제대로 이해할 수 있다. 서민들의 도시 주거환경 개선이라는 명목과 달리, 하안지구 재개발은 중산층의 투기와 그로 인한 거주민들의 몰락으로 점철되는데,[24] 창진의 가

을 인용하면서 생존과 보존에 대한 열망이 '어머니의 사랑'으로부터 연원하는 양상을 포착해낸다. 김홍중에 따르자면 생존주의라는 견고한 '마음의 레짐'과 대립하는 것은 "정의, 진실, 참여, 투쟁"의 실천이었다(김홍중, 「생존주의, 사회적 가치, 그리고 죽음의 문제」, 『사회사상과 문화』 20-4, 동양사회사상학회, 2017, 265쪽).

24 하안지구 개발은 서민들에게 안정적인 거주공간을 마련해주기 위해 시작되었지만, 거주자 보상 문제와 무허가 건물 난립으로 진통을 겪었으며, 중산층에게는 부동산 투기

족 또한 철거의 대가로 주어진 입주권을 헐값에 팔고 이사를 떠나야 하는 상황에 처한다는 점에서도 이 사실을 확인할 수 있다.

> 하안동은 만여 세대가 모여 사는 큰 동네였다. 원래부터 그렇게 큰 동네는 아니었다. 그가 하안동으로 이사 올 때만 해도 천여 세대밖에 살지 않는 동네였다. 투기꾼들이 동네를 크게 만들었다. 투기꾼들이 동네에 들어와 무허가 건물을 마구 지어먹었다. 시청에서 단속을 나와 때려 부수곤 했지만 두어 번 그러다 말았다. 시청에 빽이 있는 투기꾼은 동사무소 옆에다 무허가 건물을 짓기도 했다. 그러나 그 무허가 건물은 부서지지 않았다. 그 건물에 구로공단의 노동자들이 세를 들어 살았다. 그게 2년 전이었다. 결국 철거가 된다면 투기꾼들만 좋을 것이다.「성장」, 239쪽

하안동 재개발계획이 발표되기도 전에 이미 하안동에는 투기꾼들이 몰려 무허가 건물을 짓고 그 소유권을 주장하는 상황이 벌어지곤 했다. 투기 세력들이 자본과 정보를 바탕으로 서민들의 주

의 기회로 작용하기도 했다. 하안지구 택지개발 기본계획과 이를 둘러싼 갈등 양상에 대해서는 대한주택공사 편, 『광명시 하안지구 택지개발사업 기본계획』 1-5, 대한주택공사, 1987; 「공공사업지구 무허건물 이주비 안줘」, 『한겨레』, 1988.12.28; 「아파트딱지 거래 여전」, 『매일경제』, 1988.9.12; 「주공직원 6명 구속」, 『경향신문』, 1989.2.13; 「임대주택에도 투기…서민울린다」, 『동아일보』, 1989.11.14 참조.

거 지역을 잠식해가는 상황은 땅을 가진 지주가 소작인들의 노동력을 착취하던 조부 대에도, 그리고 창진이 일하는 공장에서도 유사하게 반복된다. 이와 더불어 하안지구 재개발 과정에서 벌어지는 갈등이 항쟁과 투쟁의 시간이 마무리되어 가던 1987년 10월부터 시작된다는 점은 이 글의 주제를 고려할 때 특별히 주의를 기울여 논의해야 할 사안이다. 마을 주민들은 하안지구 재개발과 관련된 정부의 이주 대책에 거칠게 항의했지만, "11월로 접어들면서 철거 얘기는 잠잠해지고 그 자리에 선거 얘기가 들어앉"는 상황이 펼쳐진다. 주민들은 "새로운 대통령을 자신들이 뽑으면 철거상황이 바뀔 거라고 믿었"으며, "선거가 끝나면 좋은 세상이 올지도 모른다고 믿기도 했다" 그러나 그 선거 당일 "20여 명의 청년이 각목과 쇠 파이프, 칼, 깨진 병 등을 휘두르며 투표소에서 투표를 하려고 줄을 섰던 주민들에게 달려들었"으며, "공명선거감시단 뺏지"을 달고 "릴레이 투표인가 뭔가 하는 장면을 카메라로 찍"던 청년의 "카메라를 뺏으려고 생난리를" 친다.「성장」, 240쪽

선거는 그렇게 지나갔다. 민정당원에게 맞아 병원으로 실려 간 주민 중 한 사람이 죽었다는 말과 함께. 모 후보가 당선되면 보너스를 주겠다는 회사의 약속도 그냥 약속에 지나지 않았고 아무도 그걸 따지려 들지 않았다.

"넌 모른 체해. 세상이 어수선하고 정치에 관련이 된 일일수록 모른 체하는 게 세상 살아나가는 지혜인겨."「성장」, 241쪽

주지하듯 대통령직선제는 6월항쟁의 가장 직접적인, 동시에 상징적인 성과였다. 그러나 1987년 겨울의 선거는 그해 여름을 뜨겁게 달구던 항쟁과 투쟁의 열기가 구조와 체제로 수렴되어 가는 변곡점이기도 했다. 그리고 시간이 지나 우리는 겨울의 선거를 통해 최종적으로 확정된 정치·헌정체제를 87년 체제라고 부른다. 「성장」의 서사는 이 마주침-분기의 과정을 하안지구 재개발이라는 사건으로 대표하여 재현하는데, 이 사건을 통해 가장 선명하게 분할되는 것은 자본을 가진 자들과 그렇지 않은 자들의 집합이다. 입주권을 두고 벌어지는 가진 자들과 못 가진 자들의 갈등은 1987년 6월의 항쟁을 통해 도달한 민주주의에 대한 집합적 신념이 경제적 이익으로 분기되는 양상을 분명하게 보여준다.[25] 그리고 「성장」은 이 분기를 새로운 세대의 정체성이 자라나기 위한

25 김원은 이 분기가 6월항쟁의 한가운데에서 이미 시작되고 있었다고 말한다. 김원에 따르면, "13일 이후 서울 투쟁에서 넥타이 부대의 출현은 침묵하던 중산층의 대반란임에 틀림없"었지만, "양김으로 대표되는 정치적 '대리인'을 통해 자신들의 요구를 관철"하려 했기에 결과적으로 "이들은 항쟁의 발목을 잡는 근본적인 한계"였으며, 이러한 사정은 "7월 이후 전개된 노동자 대투쟁에 대한 중산층의 태도에서 그대로 드러"났다고 할 수 있다(김원, 『87년 6월 항쟁』, 책세상, 2009, 166쪽).

토대로 위치 짓는다. "세상이 어수선하고 정치에 관련이 된 일일수록 모른 체하는 게 세상 살아나가는 지혜"라고 말하는 어머니의 전언은 1987년 항쟁과 투쟁의 시간을 경제적 안정으로 수렴시키려 했던 앞 세대의 '세상의 이치'를 함축한다.

결과적으로 소설 속에서 창진으로 대표되는 새로운 세대는 아버지·어머니 세대와 마주치는 데에 실패했다고 보아야 하겠다. 그 대신, 창진은 구로공단에서 들려오는 "웅웅거리는 기계소리", 즉 새로운 계급적 정체성과 마주친다. 창진은 "그곳에 그의 가난이, 그의 생활이, 그의 역사"가 있다는 것을 발견한다. 그곳에서 "억눌린 모든 나의 나, 우리의 우리들"의 연대와 조직을 생각한다.「성장」, 266쪽 그러나 그 연대와 조직에는 이 소설의 구성적 토대였던 세대 간의 마주침이 들어설 자리는 없다. 새로운 세대는 조부와 아버지 세대에 대한 변증법적 지양이 아니라, 그들의 운명과 삶의 태도 모두를 부정하는 '정의'의 감각에 의해 탄생하는 것이기 때문이다.

5. 소결

장의 초반부에서 언급했던 선행 연구 중 김예림의 논의는 1980년대 후반 이후의 한국문학을 다루는 현재의 연구에서 '이질적인 것들 간의 마주침'이라는 테마가 필요했던 이유와 그 배경을 이해하는 데에 의미 있는 단서를 제공해준다. 김예림은 알튀세르의 논의를 빌려와 6월항쟁을 다룬 당대의 소설들을 "마주침의 서사"로 규정하였는데, 그 이유는 "단지 마주침을 공통의 모티프로 활용한다는 표면적 특질 때문"이 아니라 이 소설들이 "마주침이라는 의미소를 새롭게 구성해내면서 사건성과 주체의 문제에 접근하고 있기 때문"이었다.[26] 이러한 목적에 따라 김예림은 이 마주침을 "특정 주체가 항쟁의 현장과 마주치는 일"과 "서로 다른 사회세력이 만나는 일과 결부된 것"으로 나누어 분석하였는데,[27] 두 가지 마주침 가운데 특별히 주의를 기울여 논의하는 것은 후자이다. 주목해야 할 것은 후자, 즉 "서로 다른 사회세력이 만나는 일과 결부된 것"이 김예림의 논의에서는 노동자와 중간층의 마주침(의 실패)에 집중되어 있다는 사실이다. 노동자계급과 중간층의 마주침이라는 테마가 당대 87년 체제의 성립 이후 인문사회과학 논의에서 중요한 의제로 다루어졌다는 것은 주지하는 바다.[28] 이와 관련하여 1980년대 후반 이후 한국에서는, 노동자계급의 전위성을 포기하지 않고 민중운동을 지속하기 위한 이론적 거점으로 알튀세르가 광범위하게 참조되었다는 사실

26 김예림, 앞의 글, 298쪽.

27 위의 글, 304쪽.

28 위의 글, 305~306쪽 참조.

도 아울러 기억해두는 것이 좋겠다.

진태원은 1980년대 이후 알튀세르의 논의가 한국에서 전유 되어온 양상들을 일목요연하게 정리해준 바 있다. 이 정리에 따르면, 알튀세르는 1980년대 '한국사회성격논쟁'에서 PD 이론가들의 민중민주주의노선을 관철하기 위한 이론적 거점이자 '부재하는 중심'으로 기능했다. 그러나 한국 지식인 집단에 미친 알튀세르의 영향은 1990년대 이후 더욱 커졌다고 할 수 있겠는데, 그 이유는 알튀세르가 1990년대 이후 현실 사회주의의 몰락이 불러온 마르크스주의의 위기를 마르크스주의의 '전화실제로는 민중운동의 이론적 동력을 제공하기 위한'로 이론화하는 데에 집중적으로 활용되었기 때문이다. 진태원의 표현을 그대로 옮기자면, 1990년대 초중반 한국에서 알튀세르 연구란 "알튀세르 사상을 학문적으로 재구성하는 것이 아니라 근본적인 위기에 직면한 마르크스주의를 구원하고 그것을 전화하는 것, 그리고 이를 기반으로 하여 한국에서 마르크스주의와 노동자운동의 융합을 그 나름의 방식으로 추구하"기 위한 것이었다.[29] 알튀세르의 유고 「마주침의 유물론이라는 은밀한 흐름」이 출간·번역된 것도 이즈음이었다. 마르크스주의를 구원하기 위해 마르

29 진태원, 「필연적이지만 불가능한 – 한국에서 알튀세르 효과」, 『황해문화』 108, 새얼문화재단, 2020, 229~230쪽.

크스주의와 노동자운동의 융합을 도모하는 것, 그리고 그러한 시도를 위해 알튀세르가 필요했다는 점을 고려할 때, '살아 있는 현재'로서의 87년 체제는 당대의 새로운 세대이자 지금의 인문사회과학 주류 연구자 세대로 하여금 '마주침'이라는 시퀀스를 사유하도록 만드는 인식론적 토대였을 가능성이 있다. 그런 의미에서 1987년 전후 한국문학을 마주침의 동역학으로 재해석하려는 지금/여기의 연구에는 '마르크스주의와 노동자운동을 융합'하는 것이 주어진 조건에서의 최선의 선택이라 믿었던 그때의 신념이 그대로 반영되어 있는 것인지도 모르겠다.

그러나 그 마주침은 87년 체제하 한국에서는 일어나지 않았다. 그 대신 다른 '일시적인' 마주침이 있었는데, 그것이 이 장에서 다룬 내용들이다. 「동트는 새벽」, 「내딛는 첫발은」, 「성장」 등 세 편의 텍스트들은 노동소설에 대한 일반화된 평가와는 달리 노동자와 대학생, 각성한 노동자와 그렇지 못한 노동자, 새로운 세대와 이전 세대 등 다양한 '사회적 세력'들 간의 마주침과 편의偏倚, 기울어짐[30]를 문제 삼고 있다는 점에서 새롭게 평가해야 할 부분이 존재한다. 물론 이 노동소설에서의 마주침이란 결국 일시적이었고, 제대로 응고되지 못한 채 '체제'에 흡수되었다는 점에서 그 한계가 분

30 루이 알튀세르, 서관모 역, 『철학과 맑스주의』, 중원문화, 1995(2017, 개정판), 36쪽.

명하다. 그러나, 그렇기에 1980년대 후반 소설에 대한 앞으로의 연구에서는 기존 논의에서 발견되는 '마주침의 동역학'을 '성찰적으로 극복'하기 위한 노력이 요청된다 하겠다. 단지 다양한 사회 세력들의 마주침-응고에 주목할 것이 아니라, 그 마주침을 통해 각각의 원자들이 보다 잘 식별될 수 있었다는 점을 고려할 때에야 비로소 그때 발생했거나 혹은 발생하지 않았던 마주침의 의미 또한 거리감을 갖고 평가할 수 있을 것이다.

제3장

광주세대와 우리들의 민주주의

1. 1980년 5월과 1987년 6월 사이

서영채는 임철우의 『백년여관』을 분석한 글에서 '1980년대적 주체의 탄생'을 '죄의식'의 근거를 확보해가는 과정으로 정식화한 바 있다. 이 논문에서 주목해야 할 점은 임철우 소설에서의 죄의식이 서영채가 이전에 분석했던 이광수, 최인훈, 이청준 등과는 달리 '분명한 책임'에 근거하고 있다는 사실이다. 임철우의 소설에서는 1980년 5월의 죽음과 그 이후의 또 다른 죽음에 대한 책임이 죄의식의 근거로 제시되고 있기 때문이다. "'죄의식'을 '책임의 영역'으로 옮겨감으로써 주체의 서사를 완성"한 '1980년대적 주체'의 탄생 과정은 따라서 1980년 광주의 죽음으로부터 시작하여 1987년 6월항쟁의 '민주화'로 완성되는 어떤 집합적 주체의 드라

마라 할 것이다.[1]

그런데 이러한 '1980년대적 주체'는 '세대론적인 관점'에서 1980년대를 논의할 때 상정하는 그 집합적 주체와는 조금 다른 내용과 형식을 갖는다. 서영채는 광주에 대한 죄의식이 개인의 특수한 조건에서 기인하는 것이 아니라 1980년대의 보편적인 정서에 가깝다는 점을 보여주기 위해 세 명의 인물을 세심하게 선별하는데, 그들이 바로 미문화원 방화사건의 주동자였던 문부식, 시인 황지우, 1980년 5월 대학원생이었던 비평가 정과리 등이다. 흥미롭게도 이들은 모두 1980년에 막 성인이 되었거나 기성세대로 진입하던 나이였다. 따라서 서영채가 운위하는 '1980년대적 주체'란 1980년 광주에서 발생한 일에 책임을 느낄 만한 생물학적 연대이면서 동시에 완전히 기성세대로 진입하지는 않은, 그러한 세대적 조건 속에서 탄생하는 것이라 하겠다. 이 세대는 1987년 6월 항쟁과 함께 탄생한 새로운 집합적 주체들인 이른바 86세대와는 명백히 구분되는 존재들이다.[2]

---

1 서영채, 「죄의식과 1980년대적 주체의 탄생 - 임철우의 『백년여관』을 중심으로」, 『인문과학연구』 42, 강원대 인문과학연구소, 2014, 39쪽.

2 최근 86세대에 대한 문제 제기가 활발하게 오가고 있는데, 대부분의 논의에서 86세대는 학생운동 및 87년 6월항쟁의 경험을 바탕으로 정의된다. 한편 86세대를 동질적 집단으로 보는 것에 대해서도 다양한 의견이 제기되고 있다. 이에 대해서는 김성일, 「파워 엘리트 86세대의 시민 되기와 촛불 민심의 유예」, 『문화과학』 102, 문화과학사,

이 장에서는 전반기 산업화세대40년대생와 86세대60년대생 사이에 놓인 이 세대50년대생가 87년 체제의 성립과 함께 '광주'의 문제를 새롭게 사유하는 양상에 주목한다. 이러한 문제의식은 다음의 세 가지 판단을 전제로 한다. 첫째, 1980년대적 주체를 논의할 때 주로 쟁점이 되는 것은 86세대이고, 이들의 집합적 정체성이 확보되는 사건은 1987년 6월항쟁과 연이은 노동자대투쟁이다. 둘째, 50년대에 출생한 이 세대는 6월항쟁의 또 다른 주체였지만, 동시에 광주에 대한 죄의식과 책임을 86세대보다 강하게 인식하고 있었다는 점에서 그들과 구별된다. 셋째, 그런 의미에서 이 세대는 1987년의 항쟁과 그로부터 탄생한 87년 체제를 1980년 5월 광주에 견주어 판단할 수밖에 없었을 것이다.

서영채가 1980년대적 주체의 탄생 과정을 추적하기 위해 분석했던 임철우의 경우를 살펴보면 이 세대와 86세대의 차이가 확연하게 드러난다. 임철우에게 1980년 광주와 그 죽음으로부터 비롯되는 죄의식은 『백년여관』이 발표되었던 2000년대까지 연장되고 있기 때문이다. 86세대 작가들의 경우에도 1987년 6월항쟁을 광주와 연속적으로 사유하려는 경향을 보이는 경우가 더러 존재하지만 임철우처럼 그 죄의식이 강하게, 그리고 지속적으로 드러

2020.6, 27~29쪽 참조.

나는 경우를 찾아보기는 어렵다. 따라서 이 죽음에 대한 죄의식은 1980년대적 주체의 일부만을 대변한다고 파악하는 것이 보다 온당한 시각이라 판단된다. 그 일부란 이 글에서 다룰 임철우, 최윤, 김영현 등 1950년대 생들을 의미한다.

임철우, 최윤, 김영현 등은 모두 1987년 6월항쟁 전후에 광주에 관한 소설을 쓴 바 있다. 물론 1987년 6월항쟁 전후에 광주에 관한 소설을 썼다는 것 자체는 특기할 만한 일이 아니다. 신군부 정권으로 표상되는 억압적 정치체제가 해체되어 가는 상황에서 그간 금기로 여겨졌던 역사적 사건들이 서사적으로 복원되는 것은 자연스러운 현상이기 때문이다.[3] 다만 '광주'에 대한 문학적 재현이 특정 세대 작가들에 의해 집중적으로 시도되었고, 문학사적으로도 중요한 성과로 남아있다는 점에 관해서는 조금 더 주의 깊은 세대론적인 관찰이 요청된다.

관찰이 적정한 수준에서 이루어지려면 이 세대와 다른 세대의 차이, 즉 변수에 대한 이해가 선행되어야 한다. 즉 현재 대한민국의 '오래된 미래'라 할 수 있을 87년 체제라는 '상수'가 이 세대에게 '광주'라는 변수로 매개되는 과정에 대한 이해가 필요한 것이

---

3 단적인 예로 한국전쟁기 국군에 의해 자행된 '거창사건' 등이 1987년을 전후하여 여러 작가에 의해 동시다발적으로 서사화되었다. 이에 대해서는 김명훈, 「'학살은 재현될 수 있는가'라는 질문을 역사화하기」, 『동악어문학』 79, 동악어문학회, 2019 참조.

다. 이 둘을 매개하는 핵심적인 어휘는 '민주주의'이다. '광주'는 1980년대 내내 지속된 민주화운동의 기원적 사건이었고, 6월항쟁으로부터 탄생한 87년 체제는 그 민주화운동의 실체적 결과였기 때문이다.[4] 광주를 다룬 소설들에 대한 기존의 평가에서도 이러한 사정은 분명하게 드러난다. 임철우, 최윤의 소설들은 사실 이미 다른 많은 연구에서도 함께 다루어진 바 있다.[5] 이들의 작품에 대한 기존 연구의 접근 방식은 광주와 국가권력폭력이라는 구분을 기본적인 구도로 삼는다. 광주와 광주가 아닌 것, 국민혹은 인민과 국

4 1980년대는 5·18에서 시작되어 1987년 6월항쟁으로 완성되는 민주화의 도도한 흐름으로 인식된다. 그렇기에 1980년 5월 광주는 1980년대 민주화운동의 기원적 사건이었으며, 광주라는 기준을 고려할 때 87년 체제로 상징되는 '타협적 민주화'의 한계는 명백한 것이었다. 이에 대해서는 김정훈, 「민주화 세대는 어디에 있는가」, 『황해문화』 53, 새얼문화재단, 2006, 60~62쪽 참조.

5 비교적 최근에 발표된 논문만 추리면 다음과 같다. 양진영, 「5·18 소설의 정치미학 연구 – 랑시에르의 문학의 정치에 바탕해」, 『한국문학이론과 비평』 88, 한국문학이론과 비평학회, 2020; 최영자, 「광주민중항쟁 소설에 나타난 윤리적 주체로서의 문제의식과 대안 모색 연구 – 임철우 봄날과 최윤의 저기 소리없이 한 점 꽃잎이 지고를 중심으로」, 『인문사회 21』 10–2, 사단법인 아시아문화학술원, 2019; 김경민, 「2인칭 서술로 구현되는 기억·윤리·공감의 서사」, 『한국문학이론과 비평』 81, 한국문학이론과비평학회, 2018; 배하은, 「재현 너머의 증언 – 1980년대 임철우, 최윤 소설의 5·18 증언–재현 문제에 관하여」, 『상허학보』 50, 상허학회, 2017; 강진호, 「5·18과 현대소설」, 『현대소설연구』 64, 한국현대소설학회, 2016; 유홍주, 「오월 소설의 트라우마 유형과 문학적 치유 방안 연구」, 『현대문학이론연구』 60, 현대문학이론학회, 2015; 정미선, 「오월소설의 서사 전략으로서의 '몸' 은유」, 『어문논총』 27, 전남대 한국어문학연구소, 2015; 차원현, 「5·18과 한국소설」, 『한국현대문학연구』 31, 한국현대문학회, 2010.

민이 아닌 자인민이 아닌 자의 구분은 자연스럽게 민주주의 국가의 주권을 담지해야 할 '우리'라는 관념에 근본적인 회의나 성찰을 요구하게 된다.

광주를 다룬 작품들에 대한 연구에서 윤리적 주체나 타자성에 대한 논의가 반복되었던 것도 광주가 '우리'에 대한 관념들을 근본적으로 성찰하게 만드는 기원적인 사건이었다는 점에서 기인한다.[6] 1980년 5월의 광주는 타자성이 가장 극단적으로 드러난 시간과 장소였는데, 이 타자성과 짝을 이루는 것이 '우리'라는 관념이다. 타자를 타자로 인식하는 것 혹은 타자성을 타자성으로 인식하기 위해서는 나 혹은 우리에 대한 관념이 전제되어야 하기 때문이다. 그런데 반대로 말하자면, '우리'라는 관념은 그렇기에 타자성에 빚지고 있는 것이기도 하다. 이는 분명 모순이다. 낭시는 타자와 우리의 모순적인 관계를 단수성singularité 개념을 통해 인상적으로 제시한 바 있는데, 낭시에 따르면 '우리'라는 공동체는 타자성단수적 존재의 죽음의 분유를 통해, 나와 너의 "사이entre 그 자체"에 나타

6 최영자, 「광주민중항쟁 소설에 나타난 윤리적 주체로서의 문제의식과 대안 모색 연구 – 임철우 봄날과 최윤의 저기 소리없이 한 점 꽃잎이 지고를 중심으로」, 『인문사회 21』 10-2, 사단법인 아시아문화학술원, 2019; 김경민, 「2인칭 서술로 구현되는 기억·윤리·공감의 서사」, 『한국문학이론과 비평』 81, 한국문학이론과비평학회, 2018; 조회경, 「최윤 소설의 전복성과 윤리성의 관계」, 『우리문학연구』 56, 우리문학회, 2017.

난다외존.[7] 50년대 생들의 '우리'라는 관념은 바로 이 '단수적 존재'의 (죽음의) 분유라는 테마를 강하게 상기시킨다.[8]

1980년 광주에서 벌어진 일들은 '억압적 국가장치'를 탈취한 신군부가 공동체 구성원의 공적인 발화를 금지하는 명령을 선포하면서 시작되었다. 5·17계엄령 전국 확대가 그것이다.[9] 즉 신군부는 모두가 공유할 수 있는 언어의 사용방식을 분할하면서, 몫 없는 자와 몫이 있는 자를 나누면서 치안통치의 질서를 확립하려 했다. 5·18은 그러한 감성감각의 분할체계에 가장 극단적인 방식으

---

7 장-뤽 낭시, 박준상 역, 『무위의 공동체』, 인간사랑, 2010, 75쪽.

8 50년대 생 작가들의 작품에서 집합적 개체성(연합의 내재성)을 찾아보기란 매우 어렵다. 이러한 특성은 '노동자'라는 집합적 개체성을 통해 노동소설의 문법을 창안했던 86세대와의 차이를 선명하게 드러낸다. 노동소설은 노동자 연합이라는 집합적 개체성을 보여주거나 지향하는 것으로 종결되곤 하는데, 이는 노동자라는 집합적 개체성이 이미 소설 이전에 선험적으로 규정되어 있기 때문이다(장수익, 「1980~90년대 노동소설 연구」, 『한국문학논총』 75, 한국문학회, 2017, 12~20쪽). 고유한 특성을 담지하는 하나의 집합적 개체성이 존재하는 이상, 그것으로부터 새로운 존재 방식(공동의 존재 방식)에 대해 논의하기는 매우 어렵다. 노동소설에서의 '공동적인 것'은 아주 약간의 가능성을 가지고 있었지만, 결국에는 노동자의 집합적 정체성을 이미 확정된 실체로 상정함으로써 '우리'에 관해 사유할 수 있는 공간을 상실하고 말았다. 요컨대 1980년대 산(産) 노동소설은, 알튀세르의 표현을 잠시 빌리자면, 거리를 두고 기울어져 있는 원자들 자체가 아니라 그 마주침-융합에 지나치게 큰 의미를 부여했던 것으로 보인다(루이 알튀세르, 서관모·백승욱 편역, 「마주침의 유물론이라는 은밀한 흐름」, 『철학과 맑스주의』, 중원문화, 2017).

9 김정인 외, 『너와 나의 5·18』, 오월의봄, 2019, 51쪽.

로 저항한 사건이었다.[10] 5·18은 몫 없는 자들의 몫을 셈하기 위한 도전이었으며, 치안이 설정한 분할선들을 파열하고 유동적으로 만드는 '정치의 미학'이 작동한 시공간이었다. 그 시공간에서 광주의 '우리'는 다양한 방식과 언어로 정치민주주의를 수행하였다. 그런 의미에서 광주의 '우리'는 단지 희생자만은 아니었다.[11] 억압적 국가장치를 향해 총을 든 광주의 '우리'는 민주주의라는 대의를 전유하기 위해 투쟁한 인민people이었고, 이때의 인민은 통합과 포용이 아닌 분리와 배제를 전제로 구성되기 마련이다. 1980년 5월 광주의 '우리'가 무엇을 분리하고 배제하였는지는 자명한바, 이 투쟁의 과정에서 '우리'의 이름과 그 이름으로 수행되는 정치민주주의의 의미가 어떻게 갱신되어갔는지 확인하는 것이 지금 한국문학 연구자들에게 주어진 중요한 과제라 판단된다.[12] 이하에서는 1980년대 후반에 발표된 김영현, 임철우, 최윤 등의 5·18 관련 소설들을 87년 체제가 열어 보였던 혹은 실체화했다고 여겨진 '민주주의-정치'에 대한 특정한 세대의 문제제기로 읽고자 한다.

---

10 자크 랑시에르, 오윤성 역, 『감성의 분할』, 도서출판b, 2008, 14쪽.

11 '5·18의 주체를 어떻게 호명할 것인가'라는 문제에 관해서는 김미정, 「재현의 곤경, 설득의 서사 넘기 — 5월 광주 서사의 현재와 과제」, 『현대문학이론연구』 83, 현대문학이론학회, 2020, 17~18쪽 참조.

12 '인민'이라는 말이 내포하는 분리와 배제의 문제에 대해서는 주디스 버틀러, 김응산·양효실 역, 『연대하는 신체들과 거리의 정치』, 창비, 2020, 7~18쪽 참조.

2. 살아남은 자의 죄책감과 '우리 세대'의 윤리적 서사

1984년 『창작과 비평』에 「깊은 강은 멀리 흐른다」를 발표하면서 등단한 김영현은 그간 5·18과 관련된 연구에서 거론된 적이 없는 작가다. 김영현의 소설 중 5·18을 직접적으로 다룬 작품이 없는 까닭이다. 김영현이라는 이름이 문단에서 빈번하게 오르내리게 된 것은 등단 후 발표한 단편들을 묶은 첫 단행본 『깊은 강은 멀리 흐른다』실천문학사, 1990를 발간한 이후, 즉 이른바 '김영현 논쟁'이라 불리는 일련의 비평들이 오고 가면서부터이다. 『깊은 강은 멀리 흐른다』에 대한 권성우의 비평에서 촉발된 이 논쟁은 이후 정남영의 반론과 권성우의 재반론에 이어 한기, 우찬제, 신승엽 등이 개입하면서 한국 문단 전체의 주요 의제로 확장된다.[13] 이 논쟁이 민중문학의 새로운1990년대적 감수성을 둘러싼 각 평론가의 입장 차이에서 비롯되었다는 점을 감안할 때, 김영현이라는 현상은 동구권의 몰락과 냉전체제의 붕괴에 따른 민중문학 방향성 정립의 난

---

13 김영현 논쟁의 의미와 경과에 대해서는 김영현, 「다시 '김영현 논쟁'을 돌아보며」, 『오늘의 문예비평』 35, 오늘의 문예비평, 1999; 배하은, 「만들어진 내면성–김영현과 장정일의 소설을 통해 본 1990년대 초 문학의 내면성 구성과 전복 양상」, 『한국현대문학연구』 50, 한국현대문학회, 2016, 557~564쪽 참조.

맥상을 상징적으로 보여주는 사건이라 하겠다.

이 논쟁에서 주목해야 할 점은 김영현의 작품에 대해 우호적이든, 비판적이든 간에 그의 소설이 기존의 민중문학, 즉 1980년대적인 문학과는 차별화된다는 점에 있어서만은 대체로 합의에 이르고 있다는 사실이다. 이 작품집에서 특히 주목을 받았던 작품은 「멀고 먼 해후」인데, 이 소설은 노동조합운동 중 체포되어 징역을 살다가 출옥하는 인물의 회상기이다. 소재적인 측면에서 보았을 때, 이 소설은 1980년대 후반에 짧은 전성기를 맞았던 '노동소설'을 즉각 떠올리게 한다. 그러나 작품 전체의 분위기나 목소리의 톤은 지극히 감성적이고 회상적이라 기존의 '노동소설'에서 느끼게 마련인 비장함이나 투철한 이념성을 찾아보기란 어렵다. 작품집에 실린 다른 작품들도 마찬가지인데, 「포도나무집 풍경」, 「깊은 강은 멀리 흐른다」, 「저 깊푸른 강」, 「그해 겨울로 날아간 종이비행기」 등은 모두 치열했던 투쟁이나 운동이 끝난 시점에서 시작되는 이야기이다. 이러한 '이후'의 이야기는 한국문학사에서 낯선 것이 아니다. '후일담소설'이 바로 그 '이후'의 이야기를 가리키는 한국문학의 장르명이기 때문이다.

그러나 실제 한국문학사에서 '후일담소설'에 대한 논의는 특수한 시기에만 제한적으로 진행되어 왔다. 1930년대 후반 최재서가 처음 사용한 이후, 1990년대 초반까지 '후일담소설'은 한국문학사에서 잊힌 장르였는데,[14] 이를 재생시킨 사람은 김윤식이었다. 1990년대 초반, 김윤식은 일제말기 최재서가 카프 문인들의 1930년대 후반 작품들에 적용했던 '후일담문학' 개념을 운동과 투쟁 '이후'의 이야기를 분석하는 데에 활용한다.[15] 『깊은 강은 멀리 흐른다』에 실린 많은 작품은 사건 '이후'의 감정과 태도를 다루고 있다는 점에서 '후일담소설'에 부합하는 구성적 특질을 노정한다. 그런데 문제는 『깊은 강은 멀리 흐른다』가 1984년 등단 이후부터 1990년까지 발표한 작품들을 모아놓은 김영현의 첫 창작집이라는 사실에 있다. 즉 김영현의 소설에서 발견되는 '후일담소설'의 구성적 특질은 우리가 후일담소설의 전제조건이라 여기는 1990년대 초반의 특수한 현실전형기에서 기인하는 것이 아니라는 뜻이다. 김영현은 '후일담소설'이라는 개념이 재생되기 전에, 그러한 논의의 인식론적 기반1990년대 현실의 변화이 마련되기도 전에 이미 '후일담소설'을 썼다. 「멀고 먼 해후」는 1980년대 노동소설의 대표작인 방현석의 「새벽출정」과 같은 해에 발표되었다.

물론 노동소설은 1980년대에만 존재했던 것이 아니며, 후일담

14 오창은, 「1930년대 후반 '후일담 소설'의 서사적 시간 재구성 양상 고찰」, 『현대소설연구』 79, 한국현대소설학회, 2020, 146~148쪽 참조.

15 박은태, 「1990년대 후일담 소설의 문학사적 연구」, 『한국문예비평연구』 26, 한국현대문예비평학회, 2008, 339쪽.

소설 역시 1990년대에만 창작된 것은 아니다. 이 글에서 강조하려는 것은 동일한 시기에 동일한 소재운동과 투쟁를 다루는 작가들 간의 태도 차이이다. 김영현의 소설은 1980년대적인 소재를 다루고 있음에도 1980년대 후반 노동소설과는 전혀 다른 감성으로 그 문제에 접근하고 있다. 그리고 이 '다름'은 '새로운 것'을 발견하고 명명하는 것이 숙명이자 책임인 비평가들에게는 지나칠 수 없는 현상이었으리라 예상된다. 현재 시점에서 볼 때 김영현 논쟁의 배경에는 김영현 소설의 새로움보다 1980년대 후반 소설의 고정된 틀에서 벗어나려는 문단 내부의 욕망이 더 크게 작용했다고 느껴지는 것이 사실이다.[16] 이 욕망의 주체는 일차적으로 김영현 논쟁에 참여했던 비평가들이겠지만, 김영현 역시 예외일 수는 없다.

> 그러나 나는 사람은 결국 자기 몫의 일을 하고 그 몫만큼 발언할 수 있다고 생각한다. 그러므로 언제나 원칙을 사랑했고, 원칙 때문에 괴로워했으며, 분노보다는 눈물이 더 많았던 우리 세대의 모습을 그 일부나마 그려내었다면 나로서는 만족이다. (눈물이 없이 무엇으로 문학을 하겠는가!) 과학의 아들이자, 이론의 아들인 후배들에게 한마디 하

16 배하은, 「만들어진 내면성 — 김영현과 장정일의 소설을 통해 본 1990년대 초 문학의 내면성 구성과 전복 양상」, 『한국현대문학연구』 50, 한국현대문학회, 2016, 548~549쪽.

고 싶은 말은 인간과 역사에 대한 근본적인 물음을 끊임없이 제기하지 않으면 자칫 우리의 운동이 전술개발에만 치우치는 기능주의나 천박한 운동속물주의로 흐를 가능성이 많다는 점이다.[17]

위의 인용문은 『깊은 강은 멀리 흐른다』의 '후기' 일부이다. "우리 세대"의 정체성을 "분노보다는 눈물"로 규정하고 있는 김영현은 "과학의 아들이자, 이론의 아들인 후배들"에게 "전술개발에만 치우치는 기능주의나 천박한 운동속물주의"에 대한 경계를 요청하면서 글을 끝맺는다. 김영현은 이 소설집을 "우리 세대"에 대한 헌사이자 '후배 세대'에 대한 교훈으로 남긴 셈이다. 김영현은 이념적 동질성으로 후배들을 포용하면서도 '후배 세대'와 "우리 세대" 간의 차이를 분명하게 표시해 둔다. 이러한 세대 간의 격차는 여러 가지 변수로 설명할 수 있겠지만, 세대론에서 가장 보편적으로 활용되는 만하임의 개념에 따르자면, 하나의 세대는 동질적인 정체성을 확립하는 데에 결정적인 영향을 미친 역사적 경험에 따라 구분되는 경향을 보인다는 점을 참고해 볼 수 있겠다.[18] 김영현에 의해 "우리 세대"의 고유한 특질로 지목된 괴로움과 눈물이 "80년 이후 전체적으로 파

17 김영현, 「후기」, 『깊은 강은 멀리 흐른다』, 실천문학사, 1990, 301쪽.

18 카를 만하임, 이남석 역, 『세대 문제』, 책세상, 2013, 64~94쪽 참조.

산되었던 정신적인 상처"에서 비롯된다는 점을 고려할 때 김영현의 "우리 세대"란 서영채가 선별했던 문부식, 황지우, 정과리의 세대, 곧 '광주 세대'를 의미한다고 볼 수 있다.

1980년 광주에 대한 "우리 세대"의 인식을 확인하는 데에 있어서 김영현의 「불울음소리」『문학과 역사』, 한길사, 1987.3는 아주 중요한 작품이다.[19] 앞서 언급한 것처럼, 김영현의 소설 중 임철우의 『봄날』이나 최윤의 「저기 소리 없이 한 점 꽃잎이 지고」처럼 1980년 5월의 광주를 직접적으로 재현한 작품은 없다. 「불울음소리」 역시 1980년 광주를 직접적으로 재현하지는 않는다. 그럼에도 불구하고 이 소설에서 드러나는 역사적 사건 간의 구조적 동일성에 대한 인식은 작가 개인의 차원이 아닌, 5·18에 대한 한 세대의 공통감각을 확인하는 데에 매우 유용하다. 여기에서 역사적 사건'들'이라 함은 '거창사건', '5·18', 그리고 '1987년의 현실'을 의미한다.[20]

「불울음소리」는 강교수와 '나'가 학습도감에 실을 개구리 촬영을 위해 교외로 나갔다가 '나'가 강교수 아버지의 비극적인 삶을 전해 듣는 이야기이다. 강교수의 아버지는 '거창사건'의 피해자로,

---

19 본고에서는 작품집 『깊은 강은 멀리 흐른다』(실천문학사, 1990) 판본을 기본 텍스트로 하며, 이하 작품 본문 인용 시에는 작품명과 쪽수만 기록한다.

20 「불울음소리」에 나타난 역사적 사건들의 구조적 동일성에 대해서는 김명훈, 앞의 글, 33~41쪽 참조.

국군에 의해 가족들을 전부 잃고 홀로 살아남았지만 학살 현장의 트라우마 때문에 정신적인 고통에 시달리다가 삶을 마감한 인물이다. 이 소설 역시 작품집 『깊은 강은 멀리 흐른다』의 다른 소설과 마찬가지로 과거의 사건을 회상하는 구조인 셈이다. 「불울음소리」에서 특히 주목해야 할 사실은 이 소설이 '1951년의 거창'과 '1980년 광주'를 구조적 동일성의 측면에서 파악하고 있다는 점이다.

1951년 거창군 신원면에서 발생한 국군의 주민 학살 현장에서 가족 전부를 잃고 겨우 살아남은 강교수의 아버지는 이후 강교수와 함께 대구로 이주하여 행상과 칼갈이를 하며 삶을 이어나간다. 강교수는 아버지가 칼을 갈 때면 "황홀한 불꽃을 멍청하게 바라보곤" 했는데「불울음소리」, 228쪽, 강교수는 그 불꽃에 대해 다음과 같이 말한다.

> 우리 아버진 불과 특별한 인연을 맺고 있었습니다. 이렇게 이야기하면 너무 빈약한 표현이고, 우리 아버지의 전생애는 불 속에서 죽고 다시 태어난 것이라 할 수가 있을 것입니다. 그것을 이해하기까지엔 오랜 시간이 필요했습니다. 아니, 나는 지금도 그것을 충분히 이해했다고 할 수는 없습니다. 왜냐하면 그것은 단순히 아버지의 전생애에만 국한된 문제가 아니라는 사실을 어렴풋하게 깨닫게 된 때문입니

다. 제 말뜻을 이해하시겠습니까?「불울음소리」, 229쪽

1951년 겨울, 강교수의 아버지는 강교수를 제외한 가족 전부와 함께 죽음의 골짜기로 끌려간다. 그 학살 현장에서 아버지는 나무를 구해오는 일에 자원하여 겨우 살아남는다. 그러나 그 나무는 가족들을 포함한 마을 사람들의 시체를 불태우기 위한 것이었다. 그런 의미에서 아버지의 삶은 그 학살 현장에서 끝났다고 보아도 틀리지 않다. 중요한 것은 그 학살 현장의 불꽃이 단순히 "아버지의 전생애에만 국한된 문제가 아니"라고 생각하는 강교수의 판단이다. 아버지는 가족들이 학살된 그 골짜기에 자신의 유골을 뿌려달라는 유언을 남기고 생을 마감하는데, 강교수는 아버지가 죽은 뒤 세미나 참석차 광주에 내려갔다가 아버지의 환영과 조우한다. 그리고 광주에서, 그 불꽃이 "아버지의 전생애에만 국한된 문제가 아니"라는 인식의 근거를 확인한다.

그러나 난 그 후에 정말 뜻밖에도 다시 아버지를 보았습니다. 벌겋게 타오르는 광주의 불꽃 속에서, 그 아우성 속에서 말입니다. 그때 난 세미나에 참석차 그곳에 내려가 있었거든요. 거기서 나는 다시 아버질 보았습니다. 늙고 구부정한 어깨와 그 어깨에 무겁게 걸려 있는 연장통과 '칼 가이소, 칼!'하던 그 쉰 목소리를, 자욱한 페퍼포그와 치솟

아오르는 불꽃 사이로, 공기를 찢고 쏟아져나오는 총소리 속에서, 눈물 속에서 다시 보았습니다.「불울음소리」, 235쪽

강교수는 광주의 "자욱한 페퍼포그와 치솟아오르는 불꽃 사이"에서 아버지의 환영을 본다. 이처럼 1951년 거창의 학살 현장에서 살아남은 강교수의 아버지와 1980년의 광주를 연결하는 이미지는 불꽃이다. 즉 강교수는 1951년 거창의 학살 현장과 1980년 광주의 불꽃이 지니는 구조적 동일성을 발견하고 있는 셈이다. 그런데 1951년 거창과 1980년 광주는 그 성격상 동일선상에서 비교할 수 있는 사건이 아니다. 두 사건 모두 국가폭력에 의해 국민이 살해되었다는 점에서는 동질적이나 거창의 주민들이 저항 없이 학살되었던 반면, 결과야 어떠하든 간에 광주의 시민들은 군인들을 향해 총을 들었기 때문이다. 이러한 차이에도 불구하고 강교수는 5·18의 혁명적 성격을 구부려 그것을 1951년 거창에서의 학살과 동질적으로 만들고 있다. 강교수의 이러한 판단은 텍스트 내부의 서술을 주관하는 작가의 특정 사건에 대한 사실 판단에 근거하는 바, 김영현은 5·18의 혁명적 성격 대신 그 사건에 개입된 압도적인 폭력과 희생자들의 고통에 초점을 맞추고 있는 것으로 보인다.

이 소설의 사건을 이끌어가는 두 명의 주요 인물은 강교수와 강교수의 아버지인데, 두 사람은 모두 홀로 살아남은 사람들이다.

강교수의 아버지는 1951년 거창의 학살 현장에서 가족들을 모두 잃었고, 홀로 살아남은 죄책감 때문에 고통과 원한에 사로잡힌 채 생을 마감한다. 아버지의 불행한 삶을 지켜보면서 자라난 강교수는 "칼갈이 연장과 함께 아버지의 뼈를 묻으며 나는 이미 수십 년 전에 죽어버린 아버지의 복수를 해야겠다고 생각"하는데「불울음소리」, 235쪽, 이 역시 살아남은 자가 죽은 자아버지에게 가지는 죄책감의 또 다른 반응일 뿐이다. 그런 의미에서 「불울음소리」는 홀로 살아남은 두 부자가 죽은 자들에 대한 죄책감과 회고로 남은 삶을 살아가는 이야기라 할 수 있다.

그렇다면 한 가지 의문이 생긴다. 만약 「불울음소리」가 죄책감과 회고의 서사라 한다면, 왜 이러한 서사에 광주라는 매개가 필요했을까. 앞서 설명한 것처럼, 거창과 광주는 결코 동일선상에서 비교할 수 있는 사건이 아니다. 게다가 서사 내적으로도 이 소설에서의 광주에 대한 서술은 어떠한 개연성도 없이 서사 중간에 갑자기 끼어든다. 강교수는 세미나 참석차 우연히 광주에 방문하는데, 마침 그때가 5·18이 벌어지던 시점이었으며, 그곳에서 마치 계시처럼 아버지의 환영과 조우하기 때문이다. 지극히 인위적인 방식으로 삽입된 광주에 대한 서술은 플롯의 자연스러운 귀결이라기보다는 작가의 윤리적 욕망이 노골적으로 드러난 사례에 가깝다. 그리고 거창과 광주를 연결하려는 이 욕망은 서사와 서술을 주관하는 소설가 김영현의 것이라기보다는 "80년 이후 전체적으로 파산되었던 정신적 상처"에도 불구하고 여전히 살아남은 1950년대 생 김영현의 죄책감에서 비롯된 것으로 보인다. 1950년대 생 김영현에게 80년 광주는 책임져야 했으나 그러하지 못했던 트라우마적 사건이었고, 그렇기에 광주는 저항보다는 죽음이 지배하는 공간으로 각인되었을 것이다. 김영현이 운위하는 '우리 세대'란 서영채가 임철우의 소설에서 확인했던 바로 그 죽음에 긴박된 죄책감의 정서를 세대적 정체성으로 부여받았다. 이 죄책감의 정서는 「불울음소리」가 발표될 시점인 1987년 3월의 한국사회와도 긴밀하게 연결되어 있다. 이 소설이 발표되기 직전인 1987년 1월, 한 청년이 대공수사단 남영동 분실에서 싸늘한 주검으로 발견되었고, 이 죽음은 1987년 6월항쟁의 도화선이 되었기 때문이다.

3. 사실과 픽션의 불화, 불가능한 화해

김영현이 『깊은 강은 멀리 흐른다』의 '작가의 말'에서 언급했던 "80년 이후 전체적으로 파산되었던 정신적인 상처"는 임철우에게도 동일하게 적용될 수 있다. 임철우야말로 등단 이후부터 지금까지 1980년 5월 광주의 문제를 가장 치열하고 지속적으로 고민해온 작가이기 때문이다. 『봄날』은 임철우가 '오월 작가'로 불리게 된 가장 주요한 근거로서, 1990년 봄부터 연재를 시작하여 1997년 완간되기까지 8년에 걸쳐 집필된 단행본 다섯 권짜리 대작이다. 1980년 5월 16일 광주 산수동 한원구의 집 앞에서 시작되어 1980년 5월 31일 전남 목포항에서 끝나는 『봄날』의 서사는 항쟁의 시간을 거의 1시간 단위로 기록하고 있어 "다큐멘터리적인 형식"에 가깝다고 할 수 있다.[21] "다큐멘터리적인 형식"이라는 수사는 이 소설이 극적픽션적인 구성보다 사실 전달에 집중하고 있다는 점을 강조해 보이지만,[22] 실상 『봄날』의 전체 서사에서 이러한 특성이 균일하게 드러나는 것은 아니다. 사실 전달에 대한 작가의 강박은 후반부로 갈수록 훨씬 더 강해지기 때문이다. 작품의 중반부인 5월 20일 이후와 그 전의 서사를 비교해보면 이러한 차이가 분명하게 확인된다. 초반부에서는 상대적으로 작가의 픽션적 욕망이 더 강하게 드러난다.

주지하듯 『봄날』의 주요 인물들인 원구와 무석 등 한 씨 일가의

21 김정한·임철우, 「역사의 비극에 맞서는 문학의 소명(대담)」, 『실천문학』, 실천문학사, 2013.11, 80쪽.

22 강진호는 5·18을 다룬 한국 현대소설을 개괄하는 자리에서 "기록과 사실 복원으로서의 <봄날>과 같은 작품을 소설로 볼 수 있는가"라고 쓴 바 있다(강진호, 「5·18과 현대소설」, 『현대소설연구』 64, 한국현대소설학회, 2016, 9쪽).

가족사는 임철우가 1988년 『문학과 사회』에 연재했던 『붉은 산, 흰 새』의 서사를 그대로 이어받은 것이다. 『붉은 산, 흰 새』의 주요 인물인 한원구와 무석은 피가 섞이지 않은 부자지간으로, 무석은 한원구의 아들이면서, 동시에 한국전쟁 당시 한원구의 아버지를 죽인 원수의 핏줄이기도 했다. 『붉은 산, 흰 새』는 1977년 평일도 간첩단 사건으로 인해 한 씨 일가의 가족사적 비극이 첨예화되는 분단소설에 가깝기 때문에 기실 5·18을 "다큐멘터리적인 형식"으로 서사화한 『봄날』이 『붉은 산, 흰 새』와 서사적 연속성을 가져야 할 필연적인 이유는 존재하지 않는다. 작가의 고백처럼 『봄날』은 "작품의 전체적인 구조상 앞선 『붉은 산, 흰 새』과는 거의 연관이 없"기 때문이다.[23]

그럼에도 불구하고 작가는 『봄날』의 초반부를 한 씨 일가의 관점에서 서술하고 있는데, 이와 관련하여 『봄날』과 『붉은 산, 흰 새』의 관계에 대한 작가의 고백이 사후적이라는 점을 되짚어 보아야 한다. 애초에 『붉은 산, 흰 새』와 『봄날』은 하나의 작품이었다. '봄날'이라는 제목은 단행본이 발간될 때 최종적으로 확정된 것이며, 어디까지가 『봄날』이고, 어디까지가 『붉은 산, 흰 새』인지는 처음부터 결정된 것이 아니라 작품을 쓰는 과정에서 비로소

23 임철우, 「책을 내면서」, 『봄날』 1, 문학과지성사, 1997, 13쪽.

'발견된 것'에 가깝다.[24] 임철우는 작품을 '다 쓰고' 나서야 한 씨 일가의 가족사가 『봄날』이라는 5·18 서사에서 결정적인 것은 아니라는 판단에 이르렀다고 고백하고 있는 셈이다. 반대로 말하자면, 작품을 다 쓰기 전까지는 한 씨 일가의 가족사가 5·18 서사를 제대로 수확하기 위한 올바른 방향이라 믿고 있었다는 뜻이기도 하겠다.

'붉은 산, 흰 새'라는 제목으로 연재를 시작할 때 임철우가 구상했던 방향은 『봄날』 초반부에서 비교적 분명하게 드러난다. 작품의 도입부에서 한원구는 잠에서 깨어 집 밖을 나서다가 대문 앞에 놓인 칼을 발견한다. 한원구와 아내 청산댁은 한지에 싸인 채 집 안을 향해 가지런히 놓인 칼이 누군가 방액防厄을 위해 두고 간 것이라 추론한다. 5·18을 이틀 앞둔 시점에서 제시되는 이 에피소드는 당연히 이후 광주에서 벌어질 살육을 암시한다. 그러나 한원구에게 이 칼은 단지 5·18에 대한 예지가 아니라 과거의 트라우마를 불러내는 발단이 되기도 한다. 한원구는 처음 칼을 보고 그

24 임철우는 『봄날』의 서문에서 『봄날』이 "애초에 전편 격인 『붉은 산, 흰 새』의 연장선상에서 구상되었"으며, "「붉은 산……」이 『문학과사회』에 처음 연재된 것이 1988년 가을이니, 그것까지 포함하면 이 소설에만 꼬박 10년을 매달려온 셈이다"라고 쓴 바 있다. 아울러 "처음엔 둘을 함께 묶을까도 생각했으나"라는 문장을 고려할 때(「책을 내면서」, 『봄날』 1, 문학과지성사, 1997, 12쪽), 임철우가 처음부터 『붉은 산, 흰 새』와 『봄날』을 별도의 작품으로 인식했던 것은 아님을 추론할 수 있다.

것이 누군가의 팔뚝이라 착각하는데, 이 착각으로 인해 한원구는 아버지의 죽음과 무석에 대한 죄의식에 사로잡힌다. 한원구는 "자신에게 닥친 불행을 이름도 모르는 타인에게 제멋대로 떠넘기겠다는 그 단순하고도 이기적인 심사"에 불쾌감을 느끼는데「봄날」 1, 22쪽, 이 불쾌감은 한국전쟁 당시 아버지의 죽음에 얽힌 한원구의 트라우마를 상기시킨다는 점에서 지나온 불행과 다가올 액운 사이에 모종의 연속성이 존재함을 암시하게 된다.

따라서 임철우가 처음 구상한 5·18 서사는 단지 1980년 5월 광주에서 벌어진 일들을 생생하게 기록하는 것이라기보다는 그 사건을 한국 근현대사의 구조적 연속성 속에서 전형화하는 방식이었다고 보는 것이 더 타당하겠다. 특히 자신의 불행을 막기 위해 타인을 희생양으로 삼으려는 '방액'은 『봄날』 주요 인물들이 겪는 비극을 고려할 때 분단과 5·18의 구조적 동일성을 환기하는 기능을 하게 된다. 한원구의 첫 번째 아내이자 무석의 친모인 귀단의 집안은 가족 간첩단 사건에 연루되어 친족들 대부분이 법적 처벌을 받는다. 가족 간첩단 사건은 국가권력이 반공이데올로기를 강화하기 위해 조작한 용공사건으로, 국가권력 입장에서는 권력 유지를 위한 일종의 '방액'이었다. 동일한 논리가 5·18에도 적용될 수 있겠는데, 1980년 5월의 광주는 정통성을 갖지 못한 신군부 권력이 자신들의 통치를 정당화하기 위해 일부 국민들을 희생시킨 또 다른 '방액'이라 볼 수도 있기 때문이다.[25] 물론 이는 5·18에 대한 하나의 해석에 불과하지만, 『봄날』 초반부의 서사가 그러한 해석적 판단에 근거하여 구성된 것임을 부인하기는 어렵다.

그러나 분단 트라우마와 5·18의 구조적 연속성을 바탕으로 구상된 『봄날』은 5·18의 역사적 사실에 다가가면서 조금씩 최초의 기획으로부터 벗어나게 된다. 아래의 표는 『봄날』 전체의 구성을 시간과 장소, 초점자 중심으로 정리한 것으로, 『봄날』의 초점이 중반부 이후 어떻게 변화해갔는지 확인하기 위한 참조 자료가 된다.

1권	5.16. 새벽 산수동 오거리(원구)	5.16. 09:00 광천동(무석)
	5.16. 12:00 해진 포구(수희)	5.16. 14:00 산수동 오거리(원구)
	5.16. 16:00 금남로 1가(명기)	5.17. 11:00 김포군 ○○부대(명치)
	5.17. 17:00 광천동(무석-미순)	5.17. 18:00 광천동(무석)
	5.17. 19:00 계림동(원구)	5.17. 19:00 신안동(명기)
	5.17. 23:00 김포군 ○○부대(명치)	5.18. 00:10 서울 D대학교(명치)
	5.18. 05:00 산수동 오거리(원구)	5.18. 08:30 전남대학교(명기)
	5.18. 12:00 조선대학교 부근(수희)	5.18. 14:00 금남로 5가(무석)
	5.18 14:30 누문동 제일고등학교 앞(봉배-한기)	5.18. 15:00 대인동(서씨)
	5.18. 16:00 충장로 3가(명기)	5.18. 17:30 계림동(현주-명옥)

25 차원현은 5·18의 이러한 성격을 '과시적 폭력'이라 명명한 바 있다(차원현, 「5·18과 한국소설」, 『한국현대문학연구』 31, 한국현대문학회, 2010, 445쪽).

2권	5.18. 19:00 서울 청량리역(명치)	5.19. 01:05 광주역(명치)
	5.19. 07:30 조선대학교(명치)	5.19. 09:30 금남로(명치)
	5.19. 10:30 금남로(은숙)	5.19. 11:00 산수동 오거리(명기)
	5.19. 12:30 금남로(명기)	5.19. 13:00 금남로 5가(명치)
	5.19. 13:30 수창초등학교(명치)	5.19. 14:00 금남로 2가(군중)
	5.19. 16:00 백운동 T고등학교(정민)	5.19. 20:00 전남도청 앞 광장(기룡)
	5.19. 22:00 광주고등학교 앞(명치)	5.20. 01:00 육군 31사단 의무대(영준)
	5.20. 06:00 K동 천주교회(정 신부)	
3권	5.20. 08:00 금남로 4가(김상섭 기자)	5.20. 10:00 금남로 가톨릭센터(정 신부)
	5.20. 10:30 계림동 오거리(명기-친구들)	5.20. 12:00 광천동(명기-민태-상원)
	5.20. 12:00 광천동(무석-친구들)	5.20. 13:30 농성동 국군통합병원(영준)
	5.20. 14:00 금남로(무석 친구들)	5.20. 15:30 광주역, 무등경기장(무석의 친구들)
	5.20. 16:00 금남로(상현)	5.20. 19:30 금남로 일대(군중:계엄군)
	5.20. 21:20 노동청, 문화방송국 앞(명기)	5.20. 21:40 전남도청(김상섭 기자)
	5.20. 23:00 광주역 광장(무석-친구들)	5.21. 01:30 전남대학교 교정(칠수)
	5.21. 03:30 도청 앞 광장(명치)	5.21. 06:30 금남로 1가(군중)
4권	5.21. 08:30 녹두서점(상현-김상섭 기자)	5.21. 10:00 도청 앞 광장(명치)
	5.21. 12:00 도청 앞 광장(공수부대)	5.21. 13:30 용봉동 전남대 정문 앞 최미화의 집(최미화/임산부 총상 후 사망)
	5.21. 14:00 양림동 K종합병원(수희)	5.21. 13:30 금남로 1가(무석)
	5.21. 15:00 금남로 1가(수길-정민)	5.21. 16:00 도청 앞 광장(계엄군-기룡)
	5.21. 16:40 전남대학교, 광주교도소(칠수)	5.22. 07:00 금남로 1가(김상섭 기자)
	5.22. 10:00 광천동 들불야학(상현-명기-민호-민태)	5.22. 10:00 전남대 병원, 전남도청(정 신부)
	5.22. 11:00 전남도청(김상섭 기자)	5.22. 16:00 도청앞광장(정신부-수습위원)
	5.22. 17:00 도청 앞 광장(상현)	5.22. 19:30 녹두서점(상현)

5권	5.23. 08:00 광천동 시민아파트(무석-미순-명기)	5.23. 10:00 도청 앞 광장(무석-친구들)
	5.23. 13:00 소태동 주남마을(연숙-널짝을 구하러 가다 학살)	5.23. 15:00 도청 광장(김상섭-윤상현)
	5.24. 02:00 소태동 주남마을 뒷산(명치)	5.24. 12:30 소태동 주남마을(계엄군)
	5.24. 13:00 소태동 주남마을(명치)	5.24. 13:30 주남마을-송암동 삼거리(계엄군)
	5.24. 19:00 전남도청(김상섭-정 신부)	5.25. 01:00 도청 회의실(상현)
	5.25. 08:00 전남도청(상현-독침사건)	5.26. 03:00 도청 앞 상무관(한기-무석-미순-명기)
	5.26. 10:00 양림동 K종합병원(한원구-천진수-정민)	5.26. 12:00 전남도청(상현)
	5.26. 16:00 공군 광주비행장(명치)	5.26. 18:00 전남도청(수습위-정 신부-상현)
	5.26. 22:00 전남도청(한기-무석-미순)	5.27. 01:00 전남도청(상현)
	5.27. 03:40 전남도청 민원실(상현-무석)	5.27. 04:00 K동 천주교회(정 신부)
	5.27. 04:30 양림동 K종합병원(수희)	5.27. 06:30 도청 앞 광장(서술자)
	5.27. 07:30 도청 앞 광장(김상섭 기자)	5.31. 06:00 전남 목포항(명기)

위의 표를 보면 3권에 해당하는 5월 20일을 기점으로 『봄날』의 서사 중심이 한 씨 일가에서 윤상현, 김상섭 기자, 정 베드로 신부 등 5·18의 실상을 객관적으로 보여줄 수 있는 인물로 전환되었음을 확인할 수 있다. 주지하듯 윤상현, 김상섭 기자, 정 베드로 신부 등은 이름을 조금씩 바꾼 실존인물들이다.[26] 즉 5월 20일 이후 『봄날』의 서사는 한 씨 일가의 가족사가 아니라 5·18에 대한 사실 전달에 집중하고 있다 하겠다. 이러한 변화는 서술 층위에서도 분명

26 「5·18광주, 장편으로 쓴 林哲佑씨」, 『연합뉴스』, 1997.11.9.

하게 확인된다. 임철우는 『봄날』을 쓰기 위해 체험담, 증언, 신문, 사진, 잡지, 유인물, 논문 등 수많은 자료들을 광범위하게 수집하며,[27] 작가 자신의 체험적 기록 역시 폭넓게 활용하는데, 이 자료들은 『봄날』의 중후반부가 소설가 임철우의 픽션이 아니라 '다큐멘터리적인 형식'으로 귀착되는 데에 결정적인 역할을 하게 된다.

이 자료들은 대부분 5월 20일 이후, 즉 3권부터 적극적으로 활용되는데, 구체적인 기록 여부가 확인된 것만 따져보면, 뉴욕발 합동통신 기사3권 11~12쪽, 조선대 민주투쟁위원회 유인물3권 15~16쪽, K일보 김상섭 기자의 상황 메모3권 27~32쪽[28], 들불야학의 선언문3권 179~180쪽, 전남북 계엄소장의 발표문3권 222~223쪽, 1980년 5월 21일 도청 앞 집단 발포시의 상황도4권 53쪽, 5월 21일 전남대 앞 사망자 사례 주석4권 94쪽, 광주교도소 부근 사망자 및 부상자 주석4권 224~225쪽, 투사회보 2호4권 242쪽, 조선대학교 민주투쟁위원회 유인물4권 298쪽, 계엄사령관

27 임철우, 「책을 내면서」, 『봄날』 1, 문학과지성사, 1997, 13쪽; 김정한·임철우, 앞의 글, 87~88쪽.

28 이 메모는 객관적인 기록 여부를 확인할 수는 없으나 5·18 당시 임철우가 현장을 돌아다니며 메모한 기록을 활용한 것이라 예상된다. 임철우는 5·18 당시 "시내를 돌아다니다가 여기저기 눈에 띄는 벽보들의 내용을 베껴두기도 하고, 매일 시내의 동향이며 떠도는 소문들, 내가 목격한 일 따위를 일일이 적어놓았"으며, "하다못해 항공기 살포 전단도 주워서 모으고, 일기도 쓰고, 격정에 찬 시를 휘갈기기도" 했는데, 이 자료들은 김상섭의 시선에 의해 다양한 방식으로 작품에 반영된다(위의 글, 88쪽).

이희성 명의의 삐라[4권 301~302쪽], 투사회보 제6호[5권 54~55쪽], 주남마을 사망자 주석 및 학살 요도[5권 112~113쪽], 광주시 송암동 양민 학살 현장 요도[5권 192쪽], 진제마을 사망자 주석[5권 206~207쪽], 송암동 삼거리 사망자 주석[5권 212쪽], 계엄군 오인 사격 주석[5권 226쪽], 전남도청 집행부 명단[5권 284쪽], 5월 26~27일 가두방송 관련 주석[5권 394쪽], 5월 27일 진압 작전에 의한 사망자 명단 주석[5권 412쪽], 5·18 사망자 통계에 대한 주석[5권 432쪽], 5·18일지 및 피고인 확정 형량[5권 438~468쪽] 등이 이에 해당한다.

위에서 나열한 기록물들은 작품 속 주요인물들이 미처 경험하지 못했거나 확인해줄 수 없는 5·18의 구체적인 사실들을 보충해주는 기능을 담당한다. 동시에 작품의 본문과 구분되어 표기되는 이 기록물들은 작가가 5·18의 객관적 사실과 한 씨 일가의 불행한 가족사를 한 편의 소설 언어로 육화하는 데에, 단일하고도 조화로운 문장으로 서사화하는 데에 실패했다는 사실을 방증한다. 작품 초반부에 인상적으로 제시되는 한 씨 일가의 비극과 그 속에 내재된 역사적 트라우마는 5·18의 구체적인 현장과 조우하면서 단지 5·18의 체험을 생생하게 전달하는 용도로 주변화된다. 『봄날』의 이러한 서사적 특질은 1980년 5월 당시, 전남대학교 영문과에 재학 중이던 임철우의 개인적인 체험에서 비롯되었을 가능성이 높다. 임철우에게 5·18은 픽션에 대한 열망만으로는 감당할 수 없는 사건이었다. 작품 속에 윤상현이라는 이름으로 등장하는 윤상원 열사, 대학생 수습위원 박효선 등은 단지 소설의 캐릭터가 아니라 임철우와 개인적인 친분을 가진 실존 인물들이었기 때문이다.

> 윤상원 선배가 총을 맞고 숨을 거두는 부분인데 그날 도청에서의 마지막 순간 그 형은 무슨 생각을 했을까. 무슨 얘기를 나누고, 어떤 마음으로 죽음을 준비했을까. 눈을 감기 전, 그 최후의 순간에 형의 시야에 무엇이 보였을까. 그런 장면들을 눈앞에 떠올리고, 그의 마음을 읽고, 그의 몸 안으로 들어가 느껴야 한다고 애를 쓰는데, 정말이지 너무나 힘들고 고통스러운 겁니다. 울음부터 터지고 그냥 가슴이 터질 것만 같았습니다. 그때는 오히려, 차라리 그분들을 내가 몰랐으면 좋겠다는 생각이 들더군요. 만약 그랬다면 내가 전혀 모르는 사람이니까, 오히려 과감하게, 제 생각대로 써낼 수 있었을 것 아닙니까. 그런데 내가 이미 알고 있는 사람들인데, 내가 잘못 쓰면 어떡하나, 그분들의 최후를, 세상에 남기고 싶었던 유언을 자칫 엉뚱하게 옮겨 놓으면 어떡하나. 그 엄청난 두려움 때문에 아예 문장 한 개를 쓸 엄두가 나지 않는 겁니다.[29]

어쩌면 임철우가 작품 중반부 이후부터 객관적인 기록물들을

29 위의 글, 92~94쪽.

작품 속에 삽입했던 것도 동일한 이유 때문이 아니었을까. 임철우는 5·18 현장에서 살아남은 생존자였다. 임철우는 항쟁의 시간 동안 "몇 개의 돌멩이를 던졌을 뿐, 개처럼 쫓겨 다니거나, 겁에 질려 도시를 빠져나가려고 했거나, 마지막엔 이불을 뒤집어쓰고 떨기만 했을 뿐"이었고, 그래서 "5월을 생각할 때마다 내내 부끄러움과 죄책감에 짓눌려야 했고, 무엇보다 나 자신에게 '화해'도 '용서'도 해줄 수가 없었다"라고 고백한 바 있다.[30] 이 "부끄러움과 죄책감"은 결코 수사적인 차원에서 운위되는 것이 아니다. 『백년여관』을 탈고하기까지 임철우는 20년이 넘는 시간을 1980년 5월 광주에 관해 쓰는 데에 바쳤기 때문이다. 그런 의미에서 임철우에게 『봄날』은, 아니 글쓰기 자체는 서영채의 탁월한 해석이 이미 확인해준바, 죽은 자들에 대한 "부끄러움과 죄책감"을 자신의 몫으로 온전히 감당하기 위한 살아남은 자의 책임이라 하겠다.

임철우가 『봄날』을 구상하고 집필한 기간은 1988년부터 1997년까지의 10년이다. 이 10년은 정확히 87년 체제가 지속된 시간이다. 87년 체제를 살면서 임철우는 5·18에 관해 썼다. 5·18의 책임을 감당해야 할 특정한 세대가 존재했다는 것, 그리고 그들에게 '광주'는 87년 체제의 아젠다였던 '정치적 민주화'를 쉽게 수용

---

30 임철우, 「책을 내면서」, 『봄날』 1, 문학과지성사, 1997, 11쪽.

할 수 없게 하는 중요한 근거였다. 임철우는 87년 체제의 끄트머리에서 『봄날』을 마감하며 다음과 같이 쓴다.

> 구원의 손길은 끝내 어디에서도 오지 않았고, 그렇게 그 도시는 소리 없이 진압되었으며, 그 도시 사람들에겐 오래도록 폭도의 누명이 씌워졌다. 그리고 이젠 많은 것들이 달라진 것처럼 보인다. 학살극의 주역인 두 전직 대통령은 옥에 갇혀 있고, '광주 사태'라는 명칭은 '광주 민주화운동'으로 바뀌어졌으며, 말끔히 단장된 망월동 묘역엔 웅장한 추모탑이 세워졌다.
>
> 하지만, 과연 그것으로 모든 것은 마무리된 것인가. 진정 지금은 그 비극적인 사건이 영원히 역사의 장으로 철해져도 무방할 때인가. 남은 것은 정말 아무것도 없는가. 아니 무엇보다, 아직도 강기슭에 서성이고 있는 그 도시 사람들에게, 최소한 '미안했다'는 한마디 대신, '화해'니 '용서'니 '역사의 장에 맡기자'느니 하는 말들을 이렇듯 쉽사리 강요해도 좋을 만큼 이 시대는, 그리고 우리는 정말 떳떳한가.[31]

이 글에서 임철우는 광주와의 화해를 강요하는 87년 체제의 현실이 죽음이 분유된 공동체로서의 "우리들"에게 가하는 폭력을 고

31 위의 글, 11쪽.

발한다. 그 죽음을 서영채는 아직 오지 않은 죽음이라 명명했던바, 이 세대에게 87년 체제가 완성한 민주주의 대한민국은 진정한 '우리들의 공동체'가 될 수 없었다. 용서나 화해는 주체와 객체의 분명한 구분을 통해서만 제기될 수 있는 것이므로, 용서나 화해를 말한다는 것은 여전히 우리가 '우리'를 '타자성죽음'이 분유된 관계로 사유하지 못하고 있음을 스스로 시인하는 것일 뿐이기 때문이다.

4. 밝힐 수 없는 '우리'의 공동체

김영현과 임철우의 경우에서 확인하였듯이, 1980년 5월 광주의 죽음으로부터 비롯되는 1950년대 출생 세대의 죄책감은 '우리'의 관계에 대한 윤리적 판단을 거쳐 각각의 서사적 형식으로 낙착되었는데, 이러한 양상은 최윤의 「저기 소리 없이 한 점 꽃잎이 지고」에서 한층 복잡하고 미학적으로 제시된다. 「저기 소리 없이 한 점 꽃잎이 지고」『문학과 사회』, 문학과지성사, 1988.5는 그 연구 성과의 질과 양에서 그전 시대 주요 텍스트와 비교해도 전혀 떨어지지 않을 정도로 1980년대 문학사에서 중요한 작품이다. 「꽃잎」에 대한 연구자들의 관점 및 접근 방식은 다양하지만, 이 텍스트가 주의 깊은 독자들에게 강력한 '해석 욕망'을 불러일으킨다는 점은 명확해 보인다. 연구사를 일별해 볼 때, 「꽃잎」에 대한 '해석 욕망'은 일차적으로 5·18이라는 역사적 사건과의 관련성에서 비롯된다고 보아야 하겠지만, 「꽃잎」에 대한 연구자들의 관심이 오랫동안 꾸준히 유지될 수 있었던 데에는 이 텍스트의 독특하고 복잡한 구성 및 서술방식이 더 큰 몫을 차지했으리라 판단된다.

주목해야 할 것은 앞서 서술한 「꽃잎」에 대한 '해석 욕망'의 두 가지 원인, 즉 5·18과의 관련성과 텍스트의 서술·구성상의 특성이 실제 연구에서 충돌하는 장면들이다. 강진호의 논문은 '해석 욕망'의 두 가지 원인이 충돌하는 지점을 잘 보여준다.

> 1) 5·18항쟁을 직접적으로 말할 수 없었지만 그것을 표현하지 않을 수 없었고, 그래서 작가들은 우의의 방법으로 그것을 표현하게 된다. 윤정모의 「밤길」[85]이나 임철우의 「직선과 독가스」[84], 「사산하는 여름」[85], 홍희담의 「깃발」[88], 최윤의 「저기 소리 없이 한 점 꽃잎이 지고」[88] 등은 말하고자 하는 바를 그대로 드러내지 못하고 다른 것에 빗대어 표현하는 우의적 기법의 소설들이다.[32]

2) 같은 해에 발표된 홍희담의 「깃발」[88]의 중심화자는 방직공장

32 강진호, 앞의 글, 11쪽.

여공이며 노동자 계급의 시선으로 광주항쟁을 그려낸 작품이다. 여공 순분과 형자를 중심으로 5월 18일 이후 열흘 동안의 일을 르포 형식으로 기록한 이 작품은 「꽃잎」보다 한층 구체적이고 사실적이다. (…중략…) 다만, 언급된 작품들은 단편적이고 체험적인 삽화의 수준에서 크게 벗어나지 못하였다. 따라서 5·18항쟁의 실상을 온전히 드러내지는 못하는 한계를 갖고 있었다. 언급한 대로, 거대한 폭포처럼 급격하고 복잡 다양하게 분출되는 항쟁의 흐름들을 짧은 알레고리 형식의 소설로는 다 담아낼 수 없는 것이다. 『봄날』은 앞서 언급된 소설들과 달리 광주항쟁의 전모를 보여주려는 시도를 감행한다.[33]

5·18 관련 한국소설의 흐름을 개괄한 위의 글에서, 강진호는 "광주항쟁의 전모를 보여주려는 시도를 감행"한 『봄날』과 대조되는 자리, 즉 "말하고자 하는 바를 그대로 드러내지 못하고 다른 것에 빗대어 표현하는 우의적 기법의 소설"에 최윤의 「꽃잎」 등을 할당한다.[34] 이러한 대조는 현실의 지시 대상, 즉 5·18과 같은 역

33 위의 글, 13~14쪽.

34 그러나 강진호가 '우의적 기법'이라 칭한 「꽃잎」의 독특한 서술 방식은 같이 언급된 윤정모나 임철우의 초기작, 홍희담의 「깃발」의 그것과는 그 목적에 있어서 분명한 차이를 보인다. 「밤길」이나 「직선과 독가스」 등은 신군부 정권의 권력이 여전히 위세를 떨

사적 사건의 재현과 관련된 작가와 독자의 윤리적·해석적·미학적 판단을 선명하게 드러낸다는 점에서 주목을 요한다. 강진호의 「꽃잎」에 대한 해석을 조금 거칠게 정리해보면, 첫째, 「꽃잎」의 우의적 서술 방식미학적 판단은 '광주항쟁'에 대한 불충분한 해석적 판단 때문이며,[35] 둘째, 이러한 불충분한 해석적 판단은 다시 광주항쟁에 대한 올바르지 못한 윤리적 판단으로부터 기인하는 것이 된다.[36] 그리고 「꽃잎」에 대한 수많은 연구는 바로 이러한 강진호식의 해석에 대한 찬성과 반대 입장을 기본형으로 하여 개진되는 경향을 보인다. 요컨대 텍스트의 독특한 구성 및 서술 방식을 결정했을 작가의 미학적 판단에 대해 어떠한 해석적·윤리적 판단을 내리느냐에 따라 「꽃잎」에 대한 문학사적 평가 역시 좌우되어 왔다 하겠다.

따라서 「꽃잎」의 독특한 구성 및 서술 방식미학적 판단을 어떻게 해

치던 1980년대 중반에 발표된 작품인 반면, 「꽃잎」과 「깃발」은 1988년 이후에 발표된 작품이므로 현실적인 조건 때문에 우의적인 기법을 활용할 이유는 거의 존재하지 않았다. 물론 「밤길」이나 「직선과 독가스」 등에 대해서도 「꽃잎」과 유사한 해석이 불가능한 것은 아니겠지만, 한국근현대사의 중요한 변곡점인 1987년 전과 후의 소설을 동일한 잣대로 해석하는 것은 적절하지 않다고 판단된다.

35 "5·18항쟁의 실상을 온전히 드러내지는 못하는 한계"라는 표현에서 이러한 판단을 확인할 수 있다.

36 "말하고자 하는 바를 그대로 드러내지 못하고"라는 표현에서 진실이라 믿는 것을 말하지 못했다는 문제, 즉 진실에 대한 충실성의 부족을 확인할 수 있다.

석할 것인가는 매우 중요한 문제라 하겠는데. 연구자들의 '해석 욕망'과 관련하여 특별히 관심이 집중된 것은 이 텍스트의 시점과 화자이다. 연구자들에 따라 약간의 의견 차이는 있지만 「꽃잎」에는 대체로 세 가지 시점 및 화자가 설정되어 있다고 알려져 있다.[37] 「꽃잎」은 총 10개의 장과 프롤로그로 구성되어 있는데, 지금까지 합의된 사항을 반영하여 이 10개의 장을 시점과 화자 기준으로 분류하면 다음과 같다.

시점/화자	1행정	2행정	3행정	
남자/?	1장	5장	8장	
소녀/소녀	2장	4장	7장	9장
우리/우리	3장	6장	10장	

위의 표를 보면 1·5·8장은 '남자'의 시점에서 서술되지만 화자가 누구인지는 확정하기 어려운 반면 2·4·7·9장은 '소녀'의 시점과 목소리에 의해 서술되며 3·6·10장은 '우리'의 시점과 목소리에 의해 서술된다. 따라서 「꽃잎」의 시점 및 화자와 관련하여

37 김병익은 「꽃잎」이 실린 단행본 해설에서 이 작품의 시점과 화자를 남자의 시점, 그녀의 1인칭 시점, 우리의 시점 등 세 가지로 분류하였다. 이후 연구들 역시 이 구분에 의거하여 「꽃잎」의 서술 방식에 대해 논의하는 경우가 대부분이다(김병익, 「고통의 아름다움 혹은 아름다움의 고통」, 『저기 소리 없이 한 점 꽃잎이 지고』, 문학과지성사, 1992, 405쪽).

논란이 될 만한 부분은 1·5·8장의 화자가 누구인지, 그리고 위의 표에 포함되지 않은 프롤로그가 누구의 목소리에 의해 서술되는 것인지 등이라 하겠다. 추가적인 논의가 필요한 두 가지 사안에 대해서는 뒤에서 다시 정리하기로 하고,[38] 먼저 시점 및 화자의 교체가 어떠한 규칙에 의해 이루어지는지 살펴보자. 위의 표에서 바로 확인할 수 있는 사항이지만, 「꽃잎」의 시점 및 화자 교체에서 규칙이라 할 만한 것은 '우리'의 시점과 목소리로 서술되는 장이 항상 남자와 소녀의 시점이나 목소리로 서술되는 장 다음에 온다는 사실이다. 즉 '우리'의 시점과 목소리로 서술되는 3·6·10장은 각각 남자와 소녀의 관점에서 서술되는 1·2장, 4·5장, 7·8·9

---

38 첫 번째 문제에 대해서는 여기에서 간략히 정리한다. 1·5·8장의 서술 시점은 텍스트 내부나 외부로 확정할 수 없을 만큼 혼재되어 있는데, 그렇기 때문에 이 부분의 화자는 외부에서 이 사건을 묘사할 수 있는 능력을 가진 존재로 상정될 수밖에 없고, 그래서 황영미의 경우에는 "남자의 인물적 서술인 1·5·8장 전체가 사실상 10장에서 '우리'가 장이라는 남자를 만나 그에게서 듣는 소녀에 관한 이야기로 되어 있다"라고 파악하였다(황영미, 「소설의 영화화에 있어서의 시점 연구 – 소설 <저기 소리 없이 한 점 꽃잎이 지고>와 영화 <꽃잎>을 중심으로」, 『국어국문학』 159, 국어국문학회, 2011, 447쪽). 즉 황영미는 1·5·8장의 화자를 '우리'라고 보는 셈이다. 이러한 판단은 지극히 합리적이지만, 1·5·8장의 목소리를 '우리'의 것으로 확정할 경우, 그 목소리에 실려 있는 서술의 권위나 확실성을 어떻게 받아들여야 할지 난감해진다는 문제가 있다. 1·5·8장과 3·6·10장에 나타나는 목소리에는 명백한 차이가 있고, 이 차이는 단지 시간의 경과만으로는 설명할 수 없기 때문이다. 이 부분에 대한 논의는 본문 후반부 프롤로그의 화자에 대한 설명에서 마저 정리하겠다.

장 다음에 위치함으로써 '남자-소녀-우리', '소녀-남자-우리', '소녀-남자-소녀-우리'의 행정을 완성하고 정리하는 기능을 담당하는 셈이다. 이러한 구성 방식은 「꽃잎」과 5·18의 관계에 대한 논의에서 '소녀-피해자', '남자-가해자', '우리-제3자'라는 공식이 암묵적으로 통용되었던 이유이자, '우리'의 관점과 목소리를 해석하는 방식이 이 텍스트에 대한 연구자들의 해석적·윤리적 판단을 좌우하게 된다는 점을 방증한다.

작품 속에서 '우리'라는 단어는 3장에 처음 등장하는데, 3장 말미에서 확인되는바, '우리'는 "우리를 먼저 떠나버린 친구의 누이동생의 흔적"을 찾기 위해 여행 중인 '소녀 오빠'의 친구들이다.「꽃잎」, 746쪽 '우리'가 왜 소녀의 흔적을 찾아 나서게 되었는지는 명확하게 서술되지 않지만, 다음의 문장을 통해 어렴풋이나마 그 이유를 추론해 볼 수 있다.

> 그 미소가 그녀를 찾아 떠난 우리의 동기들이 모두 경솔한 것이라고 비웃기라도 하는 것 같아 우리는 멀쩡하게 잠이 깬 채, 새벽까지 남은 시간을 왜 우리가 그녀를 찾고자 여행을 떠났었던지에 대해 곰곰이 생각하는 데 시간을 보냈다. 이미 가버린 친구의 누이를 찾아 위안해주려고? 그리고 그의 어머니의 죽은 혼을 안심시키려고? 그날, 그 도시, 그 이후 무언가를 했어야 했기 때문에? 그렇지 않고서는 더

이상 사는 일이 불가능했기 때문에? 우리의 미성숙한 고통을 섣불리 치유하기 위해서? 그녀의 모습에서 끔찍함의 구체적인 흔적을 찾고자 하는 자학 심리? 아니면 이미 피폐될 대로 피폐된 그녀를 보호해주겠다는 경박한 인도주의? 어딘가를 돌아다니고 있을 그녀처럼 잠을 두려워하면서 깨어 있기 위해서? 악몽을 암처럼 세포 속에 품고 그러고도 앞으로 나가기 위해서?「꽃잎」, 787쪽

위의 인용문에서는 '우리'가 여행을 떠나게 된 여러 가지 이유를 거론하고 있는데, 그중에서 가장 직접적인 것은 '소녀'가 죽은 친구의 누이동생이라는 사실이다. 즉 이들의 여행은 친구의 죽음으로부터 비롯되는 것이며, 나머지 이유는 '우리'의 머릿속에서 사후적으로 구성된 것에 가깝다는 뜻이다. 죽은 친구의 누이동생을 찾는 것은 물론 도의적으로 선한 행위임이 분명하지만, 이들의 여행이 단지 그러한 의미만을 가지는 것은 아닌 듯하다. 작품의 제목이 암시하는바, '우리'의 여행은, 한때 우리였던 친구가 한 점의 꽃잎으로 지고 말았고, 그 떨어진 한 점의 꽃잎으로 인해 '우리'는 더 이상 우리가 될 수 없다는 사실, 그럼에도 불구하고, 여전히 '우리'는 '우리'인 채로 살아가고 있다는 사실로부터 시작되는 것 아닐까. 한때 '우리'였던 누군가의 죽음은 '우리'의 존재의 근원을 근저에서 뒤흔든다. 루카치의 오래된 교훈처럼 근대소설의 여정

은 주체의 좌표 상실로부터 시작되기 마련이다. 「꽃잎」은 이 여행을 통해 '우리'라는 복수 1인칭 대명사가 얼마나 자의적이고 또 허구적인지 드러낸다. 그런 의미에서 '우리'의 여행은 '우리'가 우리가 아님을 확인하는 과정으로 해석되어야 한다. 동일한 해석이 소녀의 이야기에도 그대로 적용될 수 있다는 점을 고려한다면 더욱 그러하다. 소녀의 여정 역시 '엄마'의 죽음 이후 시작되기 때문이다. '엄마' 역시 마찬가지다. '엄마'가 일상적인 삶의 공간에서 벗어나 시위 현장으로 떠나는 것은 아들의 죽음 때문이다. 「꽃잎」에 등장하는 인물들은 모두 누군가의 죽음이나 부재를 통해 우리라는 단어의 무게를 경험한다. 친구나 가족, 혹은 다른 많은 이름으로 묶일 우리라는 관계는 '한 점의 꽃잎'처럼 떨어진 누군가의 죽음 혹은 떠남으로 인해 '밝힐 수 없는 공동체'가 된다.[39] 동시에 이 '밝힐 수 없는 공동체'는 우리를 구성하는 원자인 '나'의 개체적 실체라는 것이 허구임을 드러낸다.

> 죽음은 죽은 자에게는 사건이 아니다. 그 죽음은 남아있는 사람에게만 혹독하게 생생한 사건이 된다. 죽음은 대답이 없기 때문에. 모든

---

39 모리스 블랑쇼, 박준상 역, 『밝힐 수 없는 공동체/마주한 공동체』, 문학과지성사, 2005, 47쪽.

죽음은 완성되어야 할 미완성이기 때문에.「꽃잎」, 785쪽

「꽃잎」에 대한 해석을 여기까지 밀고 나가면, 3·6·10장의 화자인 '우리'를 더 이상 작은따옴표 안에 가두어놓을 수 없게 된다. 즉 더 이상 이 '우리'를 죽은 오빠의 친구들로 사유화할 수 없다는 뜻이다. 이 '우리'는 '공동존재Mitsein'의 상징으로 개방되어야 한다.[40] 그럴 만한 이유가 있다. 프롤로그 때문이다. 많은 연구는 프롤로그의 화자가 죽은 오빠의 친구, 즉 모든 사건을 경험하고 시간이 흐른 뒤, 과거의 사건을 들려주는 그 '우리'라고 여긴다. 물론 이 글 역시 그러한 해석에 큰 틀에서는 동의하는 편이다. 프롤로그에서 '당신'에게 말을 거는 화자의 목소리는 3·6·10장의 화자인 '우리'의 목소리와 매우 유사하기 때문이다.[41] 그러나 작가는 프롤로그에서 '우리'라는 인칭 대명사를 단 한 번도 사용하지 않고 있다. 프롤로그의 화자는 스스로를 '우리'라고 호명하지 않는

40 장-뤽 낭시, 박준상 역, 『무위의 공동체』, 인간사랑, 2010, 46쪽.

41 "당신이 어쩌다가 도시의 여러 곳에 누워 있는 묘지 옆을 지나갈 때 당신은 꽃자주 빛깔의 우단 치마를 간신히 걸치고 묘지 근처를 배회하는 한 소녀를 만날지도 모릅니다" 라는 문장으로 시작하여 "설령 당신이 그렇게 한다 해도 또 다른 수많은 소녀가 여전히, 언젠가는, 실성한 시선과 충격에 마모된 몸짓으로 젊은 당신의 뒤를 쫓아와 오빠라 부를 것이기 때문입니다."(「꽃잎」, 730~731쪽)라는 문장으로 끝나는 「꽃잎」 프롤로그 화자는 사용되는 어휘의 수준이나 소녀와의 관계(정서적 거리감) 등을 고려할 때 3·6·10장 '우리'와 매우 유사하다 하겠다.

다. 그렇기에 이 '우리'는 한때 '우리'였으나 지금은 '우리'라고 말할 수 없는, 그 '밝힐 수 없는 공동체'로 사유되어야 하지 않을까.

이 지점에서 「꽃잎」에 대한 개인적인 감상을 조금 직접적으로 밝히고 싶다. 「꽃잎」은 끔찍한 텍스트다. 소녀와 남자의 이야기는 계속 읽는 것이 주저될 만큼 끔찍하다. 그런데 조금 더 솔직하게 말하자면, 이 끔찍함에는 낯익은 요소가 많다. 분명 불편하고 불쾌한 문장과 표현이 연속되지만, 한편으로는 소녀와 남자의 비정상적인 정서가 우리에게 굉장히 익숙한 종류라는 것을 안다. 오히려 거리감을 갖게 하는 것은 '우리'의 이야기이다. '우리'의 이야기에는 모종의 거리감 혹은 거부감을 불러일으키는 요소가 있다. 주의 깊은 독자라면 이 거리감이 '우리'라는 말 자체에 스며들어 있다는 것을 알게 된다. '우리'는 왜 소녀의 흔적을 찾아다니는가. 죽은 오빠의 친구들은 어째서 '우리'라는 말을 함부로 내뱉는가. 소녀와 남자의 이야기는 끔찍하지만 익숙하고, 그렇기에 거부할 수 없다. 그러나 '우리'의 이야기는 끔찍하지는 않지만 지나칠 수 없게 낭만적이며 받아들이기 어렵게 유아적이다. 그런 의미에서 「꽃잎」의 프롤로그는 '광주'에 대한 손쉬운 대상화 및 타자화의 유혹으로부터 이 텍스트와 우리 모두를 구원해준다. 프롤로그의 화자는 분명 '우리'가 맞지만, 작가는 끝내 '우리'를 호명하지 않았고, 호명하지 않음으로 하여 우리는 이 이야기를, 그리고 '우리'라는 복수 인칭 대명사를 사유화하지 않을 수 있게 되었다. 「꽃잎」이 도달한 밝힐 수 없는 '우리'의 공동체는 87년 체제하 한국사회를 통합해갔던 민주화라는 대의가 우리 내부의 타자성죽음에 빚지고 있다는 사실을 문학의 언어로 증언해준다 하겠다.

5. 소결

1950년대에 태어나 성인이 되었을 때 5·18을 경험한 김영현, 임철우, 최윤 등은 한국문학사에서 가장 뛰어난 '오월 소설'을 남긴 세대이다. 이 장에서는 이들의 '오월 소설'이 1987년 이후에 집필되었다는 점에 주목하여, '5월 광주'로부터 세대적 정체성을 획득한 이 세대에게 1987년 6월항쟁과 87년 체제의 핵심적인 의제였던 '민주주의'가 어떻게 이해되었는지를 우회적으로 탐색해보고자 하였다.

김영현의 「불울음소리」는 한국전쟁 중 발생했던 '거창사건'으로 인해 가족을 잃고 불행한 삶을 살아야 했던 박교수와 그의 아버지를 중심으로 1951년 거창과 1980년 광주, 그리고 이 소설이 발표된 1987년 현재에 이르는 국가폭력의 구조적 동일성을 문제 삼은 작품이다. 이 작품 속에서 1980년 5월 광주는 1951년 '거창사건'과 유비적으로 파악되는데, 이러한 접근 방식은 5·18의 혁명적 성격을 고려할 때 다소 무리한 해석이라 하지 않을 수 없다. 주목해야 할 것은 이처럼 무리한 해석적 판단을 감수하도록 추동한 작가의 윤리적 판단이다. 5·18을 희생자의 서사로 해석하는 방식은 김영현이 "우리 세대"라고 부른 그 세대의 5·18에 대한 죄책감에서 비롯되는 것이기 때문이다.

임철우 역시 오랜 기간 1980년 5월 광주에 대한 죄의식에 시달렸고, 그 죄의식의 문제를 소설로 형상화해 왔다는 점에서 김영현과 유사한 측면이 존재한다. 역사적 사실을 바탕으로 1980년 5월 광주를 재현한 『봄날』은 5·18에 대한 작가의 이러한 문제의식을 가장 직접적이고 총체적으로 보여준다. 그러나 '다큐멘터리적인 형식'으로 5·18을 재현하겠다는 작가의 의도가 이 작품에서 균일하게 관철되었다고 보기는 어렵다. 작품 초반부에는 한 씨 일가를 중심으로 한 '픽션적 욕망'이 강하게 드러나는 반면, 중반부 이후에는 '사실 재현의 욕망'에 더욱 충실한 서술 방식으로 수렴되기 때문이다. 이러한 낙차에는 10년에 걸쳐 『봄날』을 집필하던 임철우의 5·18에 대한 현재적 판단이 영향을 미쳤으리라 미루어 짐작된다. 87년 체제의 성립 이후 5·18이 '광주 민주화운동'이라는 말끔한 언어로 정리되어 가는 현실 속에서, 임철우는 '다큐멘터리적인 형식', 즉 사실에 대한 강박에 시달리며 『봄날』의 서사를 완성한다. 이러한 미학적 판단은 작가의 5·18에 대한 윤리적 판단에서 비롯되는바, 임철우에게 1980년 5월 광주는 화해나 용서를 말하는 것이 불가능한, 죽음으로 찢겨진 공동체의 맨얼굴이었다 하겠다.

화해와 용서의 불가능성이라는 윤리적 판단은 최윤의 「꽃잎」에서 훨씬 더 복잡한 방식으로 표현된다. 「꽃잎」에서 화해와 용서의 불가능성은 시점과 화자의 전환을 통해 구체적으로 드러나는데, 그 중 특히 주목해야 할 것은 3·6·10장의 화자로 설정된 '우리'이다. '우리'는 각각 남자와 소녀의 관점으로 서술되는 장 다음에 등장하여 소녀와 남자의 이야기에 질서와 객관성을 부여하는 기능을 담당한다. 작품 속에서 '우리'는 죽은 친구의 누이소녀를 찾기 위해 여행을 떠나는 것으로 설정되어 있는데, 이 여행을 통해 '우리'는 우리가 '밝힐 수 없는 공동체'라는 사실을 깨닫는다. 이 작품 속에 나타나는 '우리의 관계'는 모두 누군가의 죽음이나 떠남에 긴박되어 있기 때문이다. 3·6·10장의 화자와 동일하다고 판단되는 프롤로그의 화자는 여행이 끝난 시점에서 더 이상 '우리'라는 말을 입에 담지 않음으로써 '밝힐 수 없는 공동체'로서의 우리를 승인한다.

이상에서 살펴본 것처럼, 1950년대에 태어나 1980년에 성인기에 진입했던 김영현, 임철우, 최윤의 세대는 '우리'라는 관념을 통해 5·18을 서사화한다. 이들의 소설에서 드러나는 '우리'에 대한 관념은 조금씩 차이를 보이지만, '우리'라는 말의 무게와 책임에 민감하다는 점에서는 공통된다. 그런 의미에서 이 세대의 '오월 소설'이 갖는 의의란, 87년 체제 이후 민주화라는 대의에 의해 통합되어 가던 '우리' 국민의 정체성 속에 여전히 수많은 죽음이 분유되어 있다는 사실을 잊지 않고 문학사에 기록해주었다는 점이라 하겠다.

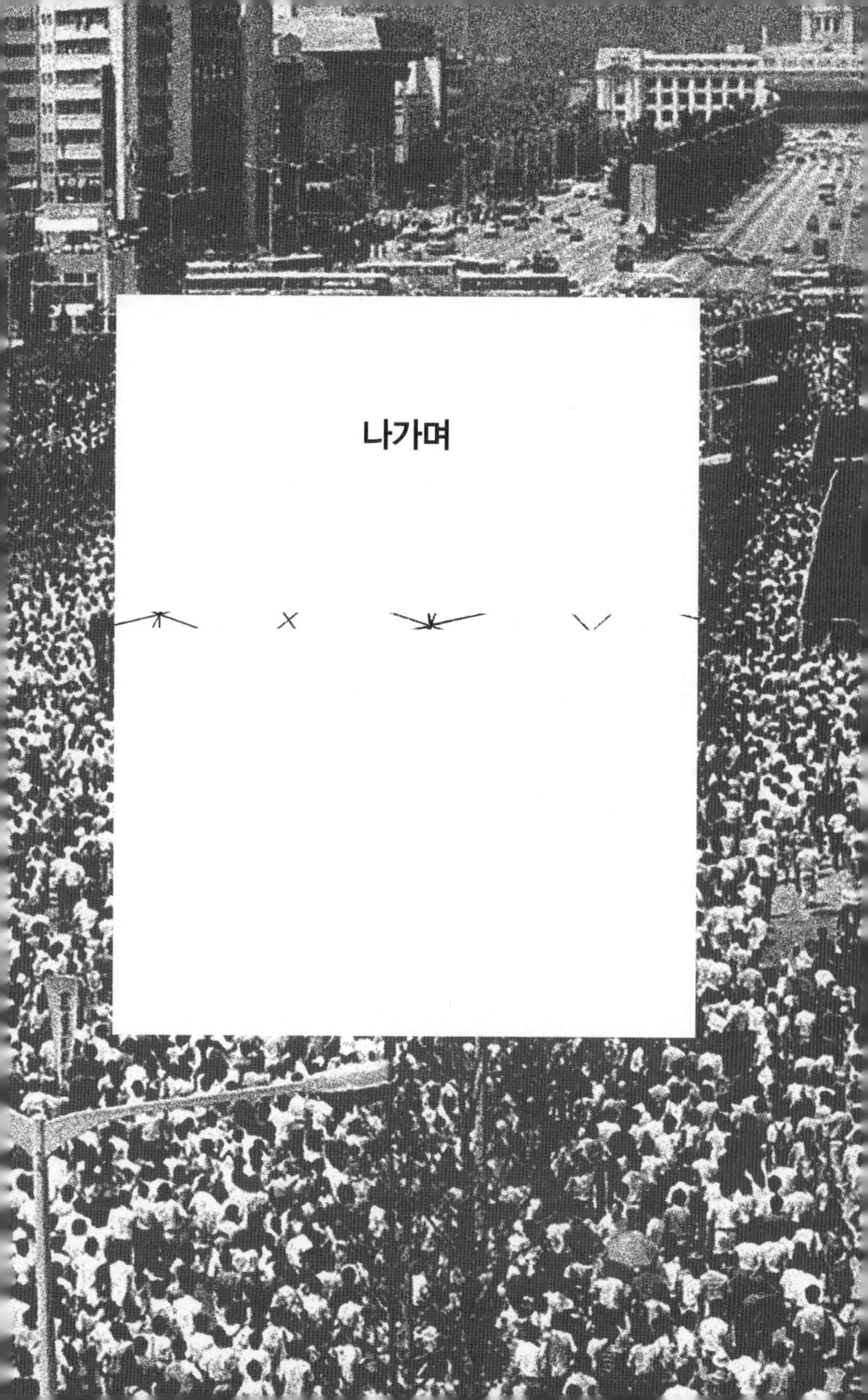

나가며

문학의 하위 양식인 소설은 서사라는 특유의 형식을 통해 오랫동안 인간의 삶과 소망을 재현해 왔다. 서사에 대한 욕망이 인간이라는 존재 자체의 본질과 관련된다는 점을 고려한다면 문학의 하위 양식으로서 소설서사은 지금까지 그래왔듯 인간이 존재하는 한 사라지지 않을 것이다. 물론 역사적인 장르로서의 근대소설에 관해서라면 조금 다른 설명이 필요하다. '근대'의 세계관을 담지하는 특정한 주체의 서사가 곧 근대소설이라면, 근대소설의 운명은 근대를 성립시킨 역사적 이데올로기의 운명과 그 흐름을 같이할 것이기 때문이다. 그렇기에 1990년대 이후 근대의 종언과 근대소설의 종언이 동시에 혹은 연속적으로 논의된 것은 매우 자연스러운 현상이라 하겠다. 근대 혹은 근대문학의 종언을 둘러싼 수많은 의견과 논쟁들을 이 자리에서 간단히 정리하는 것은 불가능하겠으나, 87년 체제가 '우리가 아는 세계의 종언'을 현실화하는 전형기였다는 점은 지적해 두는 것이 좋겠다.

87년 체제는 민주주의라는 마법의 주문을 통해 오랜 기간 한국인의 의식, 무의식을 지배했던 국가권력에 대한 이데올로기적 불신을 상당 부분 해소하였다. 산업화와 반공이데올로기로 교직된 군사독재정권 아래에서, 자신의 정체성이 지닌 모순을 해결하기 위해 소설을 썼던 일부 1940년대 출생 작가들에게는 특히 그러했다. '좌익 2세'였던 김원일, 이문구, 이문열 등은 '쓰고 싶은 이야기'를 '써도 되는 이야기'로 변용함으로써 생존과 자기 정체성의 승인을 동시에 도모하였다. 김원일, 이문구, 이문열 등의 글쓰기는 반공이데올로기에 결박된 '연좌제 가족'의 문법에 제한받았지만, 동시에 이러한 변용 규칙은 한국 근대소설의 근원적인 문법과도 결부된 문제였을 가능성이 있다. 식민지 규율 권력과 군사독재정권의 감시와 처벌은 한국 근대문학의 기본적인 조건이었기 때문이다. (유사) 국가권력의 폭력 아래에서 허구적인 서사 양식인 소설을 쓸 때 구축되는 독특한 문법이 한국 근대소설의 모든 양상을 설명해준다고 말할 수는 없겠으나, 적어도 국가와 국민의 불일치 및 위계가 한국 근대소설을 근저에서 규정해온 기본 모순임에는 비교적 분명해 보인다.

그렇기에 87년 체제를 전후로 하여 급격한 서사적 긴장의 이완을 노정하는 김원일, 이문구, 이문열 등 1940년대 출생 작가들의 소설은 87년 체제가 한국 근대소설의 종언과 결부된 문제임을 방증한다. 이들은 87년 체제와 함께 더 이상 쓰고 싶은 이야기를 써도 되는 이야기로 변용해야 하는 과업에 매달리지 않아도 되었기 때문이다. 그러나 동시에 자신들이 믿고 따르던 익숙한 문법을 상실하게 되었다는 점이 이들과 한국 근대소설이 직면한 문제였다. 87년 체제를 출범시킨 민주주의라는 대의는 연좌제 가족의 생존과 권리를 보장해주는 마법의 주문이었으나 이는 한국 근대소설의 고유한 문법을 희생하여 얻은 결과였다. 생존에 대한 강박에 의해 탄생한 소설의 문법은 87년 체제를 거치며 생존 자체를 이념화하는 산업화세대의 세계관으로 변형되었다.

반면에 1960년대 출생 작가들은 생존을 이념화했던 산업화세대와의 단절을 통해 새로운 세대의 문법을 창안했다. 공지영, 방현석, 김한수 등 1960년대 출생 작가들은 1987년 6월항쟁이 열어놓은 변혁의 시공간 속에서, 국가 및 자본의 폭력에 저항하는 노동자의 정의에 대한 감수성을 생존에 대한 강박과 대조시킨다. 이들의 소설은 노동자계급 내부의 불일치를 통합하고 이질적인 사회세력들을 마주치게 함으로써 6월항쟁의 의의를 재장전하려 했다. 그러나 새로운 세계로 나아가기 위해서는 앞 세대산업화세대를 지배했던 무의식, 즉 생존 강박과의 단절이 불가피하다는 점이 이들의 보다 근본적인 과제였다. 앞 세대가 들려주는 '세상의 이치'에 관해 '정의의 문법'으로 대응했던 1960년대 출생 작가들의 소설은,

1987년 이후의 한국 사회가 '국민=국가'라는 통합의 비전이 아니라 경쟁하는 가치 간의 급진적인 단절에 의해 재구축되어야 한다는, 새로운 세대의 소망을 여실히 보여준다. 그런 의미에서 1960년대 출생 작가들의 노동소설은 생존보다 정의를 우선시했던 새로운 세대의 꿈-서사였다.

생존과 정의, 산업화세대와 86세대의 대립은 1987년 전후 한국 사회의 변화를 이해하는 데에 유용한 틀을 제공해준다. 그러나 87년 체제를 전후한 한국 사회의 변화를 생존과 정의의 대립으로 설명하는 방식에는 일정한 한계가 존재한다. 1980년대 내내 지속된 다양한 사회운동과 그 결실인 1987년 6월항쟁에는 1980년 5월 광주라는 기원적 사건이 결부되어 있기 때문이다. 주지하듯 5월 광주는 국가와 국민의 불일치와 위계를 가시화함으로써 정의에 대한 집합적 감수성을 불러일으킨 중요한 사건이었다. 따라서 87년 체제 전후 한국 사회의 변화를 이해하기 위해서는 5월 광주가 체현한 급진적인 민주주의의 비전을 87년 체제 이후 한국 사회와 관련지어 사고했던 1950년대 출생 작가들의 소설을 살펴볼 필요가 있다.

5·18 당시 막 성인이 되었던 김영현, 임철우, 최윤 등 1950년대 출생 작가들은 87년 체제의 시작과 함께 5월 광주를 직간접적으로 서사화한 기념비적인 소설들을 연속적으로 발표했다. 이들

은 소설을 통해 5·18에 개입된 국가폭력의 구조적 동일성을 고발하고 1980년 5월 광주에서 벌어진 일들을 자세히 기록함으로써 5·18을 자기 세대의 책임으로 끌어안는 동시에 살아남은 자의 죄책감으로부터 놓여나려 했다. 5월 광주에 대한 책임과 죄책감으로부터 시작된 이들의 소설은, 1987년 6월항쟁의 의제였던 '민주주의'가 차마 '우리'라 호명할 수 없는 무수한 타자들의 죽음에 빚지고 있다는 사실을 증언하는 동시에, 그 죽음에 빚진 '밝힐 수 없는 우리의 공동체'가 국민=국가라는 통합의 비전에 내파의 계기로 잠재되어 있음을 현시하는 데에 이른다. 그런 의미에서 1980년대 후반에 발표된 1950년대 출생 작가들의 '5월 광주' 소설은 '민주화'라는 대의에 의해 봉합되었던 87년 체제의 다기한 불화와 모순을 가장 근원적인 수준에서 함축하고 있다 하겠다.

민주주의라는 마법의 주문 속에 잠재되어 있던 불화와 모순의 계기들은 지금/여기, 우리가 살고 있는 세계에 이르러 비로소 구체적인 갈등과 적대로 현실화되었다. 서론에서 언급했던 것처럼 '소가족의 시간'은 끝났고, 이제 우리 공동체의 맨얼굴과 대면해야 할 시점이다. 미래를 살아가야 할 새로운 세대는 앞 세대가 그러했듯 아직 실현되지 않은 가치를 내세우며 더 많은 '민주주의'를 요구할 것이다. 강물에 몸을 담근 사람이 물살의 속도와 방향을 객관적으로 평가하기는 어렵겠지만, 지금 우리 몸을 통과하고 있는 이 강물이 지난 시간, 지난 세대의 몸을 거쳐온 바로 그 강물임은 비교적 명확하다. 그렇기에 우리는 과거의 강물을 외면한 채 미래로 나아갈 수 없다. 87년 체제기 한국 사회의 변화를 살펴보는 일 역시 마찬가지다. 87년 체제가 한국 사회 및 한국인의 심성에 어떤 영향을 미쳤는지 살펴보는 작업은 지금 우리가 살고 있는 세계를 보다 구체적으로 이해하기 위한 하나의 방편이라는 점에서 그 궁극적인 의의를 찾을 수 있을 것이다.

참고문헌

1. 기본 자료

공지영, 「동트는 새벽」, 『창작과비평』, 1988 가을.

김영현, 「불울음소리」, 『깊은 강은 멀리 흐른다』, 실천문학사, 1990.

김원일, 「어둠의 혼」, 『월간문학』, 1973.1.

______, 『불의 제전』 1~7, 문학과지성사, 1997.

______, 『불의 제전』 5, 강, 2010.

김한수, 「성장－아버지와 아들」, 『창작과비평』, 1988 겨울.

방현석, 「내딛는 첫발은」, 『실천문학』, 1988 봄.

이문구, 「명천유사」, 『유자소전』, 벽호, 1993.

______, 『소설 역사인물열전－토정 이지함 편』, 스포츠서울, 1990.

______, 『매월당 김시습』, 문이당, 1992.

이문열, 『영웅시대』 상 · 하, 민음사, 1984.

______, 『변경』 1~12, 민음사, 1989~1998.

임철우, 『봄날』 1~5, 문학과지성사, 1997.

최윤, 「저기 소리 없이 한 점 꽃잎이 지고」, 『문학과 사회』, 1988.5.

2. 단행본

김덕영, 『환원근대』, 길, 2014.

김원, 『87년 6월 항쟁』, 책세상, 2009.

김원일, 『사랑하는 자는 괴로움을 안다』, 문이당, 1991.

______, 『삶의 결, 살림의 질』, 세계사, 1993.

김정인 외, 『너와 나의 5 · 18』, 오월의봄, 2019.

김정훈, 『87년 체제를 넘어서』, 한울, 2010.

김종엽, 『분단체제와 87년체제』, 창비, 2017.

대한주택공사 편, 『광명시 하안지구 택지개발사업 기본계획』 1~5, 대한주택공사, 1987.
오한진, 『독일 교양소설연구』, 문학과지성사, 1989.
유경순, 『1980년대, 변혁의 시간 전환의 기록』 1, 봄날의박씨, 2015.
이문구, 『꽃이 아니라도 좋아라』, 전예원, 1979.
______, 『소리나는 쪽으로 돌아보다』, 열린세상, 1993.
______, 『나는 남에게 누구인가』, 엔터, 1997.
______, 『줄반장 출신의 줄서기』, 학고재, 2000.
______, 『나의 문학 이야기』, 문학동네, 2001.
______, 『까치둥지가 보이는 동네』, 바다출판사, 2003.
이문열, 『시대와의 불화』, 자유문학사, 1992.

가토 히사다케, 이신철 역, 『헤겔사전』, 도서출판b, 2008.
게오르그 빌헬름 프리드리히 헤겔, 두행숙 역, 『헤겔의 미학강의』 3, 은행나무, 2010.
도미니크 라카프라, 육영수 편역, 『치유의 역사학으로』, 푸른역사, 2008.
루이 알튀세르, 서관모 · 백승욱 편역, 『철학과 맑스주의』, 중원문화, 1995(2017, 개정판).
마사 너스바움, 조계원 역, 『혐오와 수치심』, 민음사, 2015.
모리스 블랑쇼, 박준상 역, 『밝힐 수 없는 공동체/마주한 공동체』, 문학과지성사, 2005.
이매뉴얼 월러스틴, 백승욱 역, 『우리가 아는 세계의 종언』, 창비, 2001.
자크 랑시에르, 오윤성 역, 『감성의 분할』, 도서출판b, 2008.
__________, 유재홍 역, 『문학의 정치』, 인간사랑, 2009.
장-뤽 낭시, 박준상 역, 『무위의 공동체』, 인간사랑, 2010.
주디스 버틀러, 김응산 · 양효실 역, 『연대하는 신체들과 거리의 정치』, 창비, 2020.
진태원 편, 『알튀세르 효과』, 그린비, 2011.
카를 만하임, 이남석 역, 『세대 문제』, 책세상, 2013.
프랑코 모레티, 성은애 역, 『세상의 이치』, 문학동네, 2005.
프레드릭 제임슨, 이경덕 · 서강덕 역, 『정치적 무의식』, 민음사, 2015.
해리 클리버, 조정환 역, 『자본을 어떻게 읽을 것인가』, 갈무리, 2018.

LaCapra, Dominick, *Writing History, Writing Trauma*, Baltimore : the Johns Hopkins University Press, 2001.

3. 논문 및 기타 자료

강진호, 「5 · 18과 현대소설」, 『현대소설연구』 64, 한국현대소설학회, 2016.
김경민, 「2인칭 서술로 구현되는 기억 · 윤리 · 공감의 서사」, 『한국문학이론과 비평』 81, 한국문학이론과비평학회, 2018.
김명훈, 「김원일 소설에 나타난 '문학적 증언'의 미학과 윤리 연구」, 서울대 박사논문, 2018.
______, 「'학살은 재현될 수 있는가'라는 질문을 역사화하기」, 『동악어문학』 79, 동악어문학회, 2019.
김미정, 「재현의 곤경, 설득의 서사 넘기－5월 광주 서사의 현재와 과제」, 『현대문학이론연구』 83, 현대문학이론학회, 2020.
김병익, 「고통의 아름다움 혹은 아름다움의 고통」, 『저기 소리 없이 한 점 꽃잎이 지고』, 문학과지성사, 1992.
김성일, 「파워 엘리트 86세대의 시민 되기와 촛불 민심의 유예」, 『문화과학』 102, 문화과학사, 2020.6.
김영현, 「다시 '김영현 논쟁'을 돌아보며」, 『오늘의 문예비평』 35, 오늘의 문예비평, 1999.
김예림, 「'마주침'에 대하여」, 『민족문학사연구』 61, 민족문학사학회, 2016.
김원, 「민주노조운동의 지연－1987년, 1998년, 그리고 또 20년」, 『문화과학』, 2018 여름.
김정한 · 임철우, 「역사의 비극에 맞서는 문학의 소명(대담)」, 『실천문학』 112, 실천문학사, 2013.11.
김정훈, 「민주화 세대는 어디에 있는가」, 『황해문화』 53, 새얼문화재단, 2006.
김홍중, 「생존주의, 사회적 가치, 그리고 죽음의 문제」, 『사회사상과 문화』 20-4, 동양사회사상학회, 2017.

노중기, 「한국의 노동정치체제 변동, 1987~1997년」, 『경제와 사회』 36, 비판사회학회, 1997.
박수연, 「기억의 서사학－방현석론」, 『실천문학』, 2003 가을.
박은태, 「1990년대 후일담 소설의 문학사적 연구」, 『한국문예비평연구』 26, 한국현대문예비평학회, 2008.
배하은, 「만들어진 내면성－김영현과 장정일의 소설을 통해 본 1990년대 초 문학의 내면성 구성과 전복 양상」, 『한국현대문학연구』 50, 한국현대문학회, 2016.
______, 「혁명의 주체와 역사 탈구축하기－박태순의 6월항쟁 소설화 방식에 관한 연구」, 『한국현대문학연구』 56, 한국현대문학회, 2018.
서영채, 「죄의식과 1980년대적 주체의 탄생－임철우의 『백년여관』을 중심으로」, 『인문과학연구』 42, 강원대 인문과학연구소, 2014.
서정혁, 「헤겔의 미학에서 '소설론'의 가능성」, 『철학』 122, 한국철학회, 2015.
송호근, 「무적의 국가, 무적의 부르조아－노동계급을 위한 독백」, 『사회비평』 3, 나남, 1989.
양진영, 「5·18 소설의 정치미학 연구－랑시에르의 문학의 정치에 바탕해」, 『한국문학이론과 비평』 88, 한국문학이론과비평학회, 2020.
오자은, 「위안의 서사와 불화의 서사－1980년대 교양소설의 두 가지 문법」, 『한국현대문학연구』 56, 한국현대문학회, 2018.
오창은, 「1930년대 후반 '후일담 소설'의 서사적 시간 재구성 양상 고찰」, 『현대소설연구』 79, 한국현대소설학회, 2020.
유철규, 「80년대 후반 이후 경제구조 변화의 의미」, 『87년체제론』, 창비, 2009.
유홍주, 「오월 소설의 트라우마 유형과 문학적 치유 방안 연구」, 『현대문학이론연구』 60, 현대문학이론학회, 2015.
이미영, 「누가 교양소설을 노래하는가－교양 주체의 남성(성) 네트워크와 이문열의 1980년대 텍스트」, 『상허학보』 56, 상허학회, 2019.
이철호, 「장치로서의 연좌제－1980년대 이문열의 초기 단편과 "중산층" 표상」, 『현대문학의 연구』 56, 한국문학연구학회, 2015.

______, 「황홀과 비하, 한국 교양소설의 두 가지 표정－이광수와 이문열을 중심으로」, 『상허학보』 37, 상허학회, 2013.
이혜령, 「기형도라는 페르소나」, 『상허학보』 56, 상허학회, 2019.
______, 「노동하지 않는 노동자의 초상－1980년대 노동문학론 소고」, 『동방학지』 175, 연세대 국학연구원, 2016.
장수익, 「1980~90년대 노동소설 연구」, 『한국문학논총』 75, 한국문학회, 2017.
장연진, 「이문구 문학 연구」, 고려대 박사논문, 2018.
정미선, 「오월소설의 서사 전략으로서의 '몸' 은유」, 『어문논총』 27, 전남대 한국어문학연구소, 2015.
정주아, 「이념적 진정성의 시대와 원죄의식의 내면－1980년대 이문열 소설의 존재방식과 텍스트의 이중성」. 『민족문학사연구』 54, 민족문학사학회, 2014.
조정환, 「1987년 이후 문학의 진화와 삶문학으로의 길」, 『실천문학』, 2007 가을.
조회경, 「최윤 소설의 전복성과 윤리성의 관계」, 『우리문학연구』 56, 우리문학회, 2017.
조희연, 「'87년체제' '97년체제'와 민주개혁운동의 전환적 위기」, 『87년체제』, 창비, 2009.
진태원, 「과잉 결정, 이데올로기, 마주침」, 『자음과모음』 9, 자음과모음, 2010.8.
______, 「필연적이지만 불가능한－한국에서 알튀세르 효과」, 『황해문화』 108, 새얼문화재단, 2020.
차원현, 「5 · 18과 한국소설」, 『한국현대문학연구』 31, 한국현대문학회, 2010.
천정환, 「세기를 건넌 한국 노동소설－주체와 노동과정에 대한 서사론」, 『반교어문연구』 46, 반교어문학회, 2017.
최영익, 「87년 6월과 7, 8, 9월의 변증법 그리고 오늘」, 『진보평론』, 2017 여름.
최영자, 「광주민중항쟁 소설에 나타난 윤리적 주체로서의 문제의식과 대안 모색 연구－임철우 봄날과 최윤의 저기 소리없이 한 점 꽃잎이 지고를 중심으로」, 『인문사회 21』 10-2, 사단법인 아시아문화학술원, 2019.
한수영, 「분단과 전쟁이 낳은 비극적 역사의 아들들」, 『역사비평』 46, 역사비평사,

1999.
황영미, 「소설의 영화화에 있어서의 시점 연구—소설 〈저기 소리 없이 한 점 꽃잎이 지고〉와 영화 〈꽃잎〉을 중심으로」, 『국어국문학』 159, 국어국문학회, 2011.

데이비드 B. 모리스, 「고통에 대하여—목소리, 장르, 그리고 도덕 공동체」, 아서 클라인만 외, 안종설 역, 『사회적 고통』, 그린비, 2002.

「공공사업지구 무허건물 이주비 안줘」, 『한겨레』, 1988.12.28.
「아파트딱지 거래 여전」, 『매일경제』, 1988.9.12.
「안경 인구 25% 대학생은 46%가 착용」, 『동아일보』, 1987.10.20.
「임대주택에도 투기…서민울린다」, 『동아일보』, 1989.11.14.
「주공직원 6명 구속」, 『경향신문』, 1989.2.13.
「5·18광주, 장편으로 쓴 林哲佑씨」, 『연합뉴스』, 1997.11.9.